本命は私なんて聞いてません!

初心なのに冷徹ボディーガードに恋愛レッスン!?

★

ルネッタブックス

CONTENTS

Lunetta

プロローグ

「暑すぎ……、死ぬ」

思わず声に出してしまった一瞬、目の前が暗くなった。

標準より小柄な身体は、アスファルトから立ち上る熱気をもろにくらい続けている。

耳のなかいっぱいにうわんと広がる蝉《せみ》の声。

汗をかいているはずなのに、背中が冷たい。

マスターに頼まれ買ってきた野菜入りのエコバッグを落とすまいと必死に踏ん張ったものの、頭がゆらりと傾《かし》いで膝から力が抜けた。

（も……駄目、倒れる……）

もうどうしようないとあきらめ手放しかけた春菜《はるな》の意識を引き戻したのは、たくましい腕の感触だった。

（……え？）

お盆直前の、まさに真夏そのものの陽差《ひざ》しに打ち負かされた春菜の身体を、誰かが抱き留めてくれていた。

ふいに両の爪先が宙を泳いだ。しっかりと筋肉の盛り上がったその両腕が、いとも軽々と春菜を抱き上げていた。

「大丈夫か？」

慌てて何度も頷《うなず》いたつもりが、のぼせた頭はうまく動いてくれなかったらしい。

「病院……」

呟《つぶや》く男の声に、戸惑いと不安の色が覗《のぞ》いている。

「だ……いじょうぶです。少し休めば……」

「本当か？　無理をしては駄目だ」

「あ、ありがとうございます。大丈夫です」

まだ薄くぼやけた春菜の目には、彼がどんな顔をしているのかはっきりとは映らない。だからこそ視覚以外の五感を通し、春菜はその人を強く感じていた。

「ああ……、確かあそこにベンチがあったな」

ぶっきらぼうな声音は耳に冷たいけれど、続く短い沈黙は思いのほか柔らかく、春菜を気遣う優しさが少し遅れて心に届いた。

彼は春菜を抱き上げたまま歩きだした。

春菜を包み込む腕は、頑丈なゆりかごのよう。

きっと肩も胸も、今、一瞬もよろけることなく踏み出す足も、何もかもがっしりとしてたくましいに違いなかった。

(この人……、すごく大きい)

すべてを委《ゆだ》ねたくなる。そうして、身も心も預けて安心できる大きなものを春菜は男に感じている。

(いいな)

春菜はいつの間にか目を閉じていた。体調を崩したことも忘れて、彼の大きさをもっと味わいたかった。

(いいなあ……)

胸の奥の方がくすぐったくなったのは、本当にいいなあと思ったから。こんなふうに自分を受け止め包んでくれる大きな男性《ひと》に出会えたら素敵だなあと、春菜は少女の頃からいつも夢見てきたから。

その人が想像通りの、おそらくは長く何かのスポーツに勤《いそ》しんできたのだろう引き締まった体躯《たいく》の持ち主であること。そして、その肉体美を引き立てる、見るからに仕立ての良さそうなスーツに身を包んでいることを春菜が知った頃には、気分も大分良くなっていた。茹《ゆ》だって湯気が立ちそうだった頭も、おでこにぼんやり熱が残る程度に回復していた。

彼は今、春菜から少し離れた場所で電話をしている。

春菜を抱えた彼が向かったのは、倒れた場所から歩いてすぐのところにあるファッションビルだった。冷房の効いた館内のレストスペースに春菜を運び入れ、そっとソファに腰掛けさせてくれた。

「横にならなくても大丈夫か？」

彼は春菜が頷くのを確かめてから、

「ちょっと待ってて」

と言い置き、自販機に走った。

塩分と水分補給のための飲料を手にすぐに戻ってくる。

「飲める？」

「……はい」

春菜はありがとうございますと頭を下げ、差し出されたペットボトルを素直に受け取った。

「慌てなくていい。ゆっくり飲んで」

「はい」

彼は春菜がスポーツドリンクで喉を潤すのをしっかり確かめてから、仕事の電話があるとソファを離れた。

春菜の目は彼を追いかけていた。

ひとつひとつの動作がきびきびとして気持ちが良かった。スーツ姿で電話をかける。そんな何と言うこともないワンアクションが、映画の一場面のようにさまになっていた。

かっこいい。仕事に打ち込む大人の男のかっこ良さだ。

(なによ、かっこいいって)

ついさっきまで倒れそうになるぐらい具合が悪かったくせに！　と、春菜は急に恥ずかしくなった。じわりとうなじに上ってきた熱は、炎天下で自分を苦しめていたものとはたぶん別のものだ。

(もしかして、一目惚れ《ひとめぼ》れ？)

春菜はまさかと思う。思うけれど……、今春菜の胸を揺らしているドキドキは、運命の恋にめぐり会ったことを教える高鳴りなのかもしれない。

「気分はどう？」

電話の終わった男が春菜の前に戻ってきた。

「ありがとうございます。もう平気です」

「ああ……、顔色はよくなったみたいだな」

一八〇はゆうに超えていそうな長身を屈《かが》めて、男は春菜と目を合わせた。

いきなり彼との距離が近くなる。

「う……」

春菜は緊張した。

視界がぼやけていた時から何となく察してはいたが、

（やっぱりそうだ。この人、すっごい美形だ）

「親御さんを呼ばなくてもいい？」

「え？」

「お遣いの途中だったんだろう？　心配をかけたくないならタクシーで帰った方がいい」

彼の視線はソファの上の、春菜と一緒に運んでくれたエコバッグに向いていた。ほうれん草と大根の葉が覗いている。

春菜はまたいつもの勘違いをされたのだとわかった。

「私、身長がちょっと足りないせいかよく学生に間違われるんですけど、これでも二十四歳です。

働いてます」

彼は春菜の隣に腰を下ろすと、改めてこちらを向いた。

「この近くのカフェの店員で、食材の買い出しの帰りなんです」

彼に真っ直《ます》ぐに見つめられ、春菜の視線は膝の上に逃げた。

相手を緊張させるほどの美形だ。すっきりとした凛々《りり》しい目元といい通った鼻筋といい、引き結ばれた唇も、一分の狂いも感じられない整い方をしている。

イケメンの称号では軽すぎる。まさに正統な美貌と呼ぶべき顔だった。


（なんだか……怖い？）


造作があまりに完璧だと印象が冷たくなるものだが、彼の場合はそれだけが理由ではなかった。

肝の据わった鋭い眼差しやほとんど笑わないように見える口元が、彼のタフで頑強そうな体格とあいまって、向き合う相手に威圧感を与えるのだ。


（ううん、怖くない）

春菜は心のなかで大きく首を振った。

春菜は思い出す。

「大丈夫か？」

「無理をしては駄目だ」

低く落ち着いた声は確かに冷たかったが、その後ろに隠れた温《ぬく》もりある感情を、春菜は彼に出会った瞬間からずっと受け取っていた気がする。

見かけだけで判断され悲しい思いや悔しい思いをするのは、春菜自身、よく知っているはずだった。春菜がいくら少女めいて見える容姿だからといって中身まで幼くないように、彼も怖そうだけれど怖い人ではないに違いない。

(目をちゃんと合わせればきっとわかる)

春菜は小さく深呼吸をすると、思い切って顔を上げた。

緊張や羞恥や胸の高鳴りや……。いっときに押し寄せてくるそれらすべてのものに必死に逆らって、春菜は彼と真正面から目を合わせた。

「高校生かと思った」

「やっぱり……」

おでこが広くて丸顔で目が大きい。母親譲りのベビーフェイスも、白状すれば春菜にはほんのちょっとだけコンプレックスだ。

体つきも良く言えば華奢《きゃしゃ》、実際は凹凸《おうとつ》のあまりない少女体型。

丸顔の輪郭が目立たないよう大人っぽく整えてもらっているミディアムヘアも、似合っている自信はまるでなかった。なにしろ店のマスターや同僚たちに言わせれば、カフェ指定のユニフォーム――白いブラウスにネイビーのボタンベスト&スカート――も、春菜が着ると高校の制服に見えてもおかしくないらしい。

「若く見られて嬉《うれ》しい、という顔ではないな。不快な気持ちにさせたのなら謝る」

正確に刻まれた彫刻にも似た美貌は、やはり怖いぐらいに静かだった。

感情の動きがまるで感じられない。だが、春菜を見つめる瞳の奥には微《かす》かに波立つものがあり、謝罪の色が見てとれた。

「すまなかった」

「……いえ……」

無愛想な声も、いつの間にか春菜の耳に穏やかに響いている。

「あ……あの……」

何か言わなければ！

とっさに本能が春菜に教えていた。今何か言わなければ、今日偶然手にした彼との縁などあっと言う間に断たれてしまうぞと。

（まだ名前も知らないのに、なんでこんなにドキドキするのよ）

春菜はこうして隣り合って座ったことで、自分と比べて余計に大きく感じられる男の存在に、いっそう鼓動を速くしていた。
二、三歳の頃、毎晩一緒に眠っていたのは、春菜より背丈のある大きな人形だった。
小学校にあがって間もなくのこと、ふざけて上ったテーブルから落ちた時、受け止めてくれたのは大きなクマのぬいぐるみだった。居間のソファにも乗り切らないサイズの。

中学生になりたての頃までは、ちっちゃい、可愛《かわい》いを合い言葉に親戚のおばさんや母の友人たちにやたらと抱っこされたりハグされたりしていた。

そうやって大きなものたちは春菜にとって、自分を守ってくれる、安心を与えてくれる愛すべきものになった。

抱きしめているのに抱きしめられている気分になれるのが、幸せだった。成長して異性を意識する年頃には、大きいことは男の子たちを魅力的に見せる長所のひとつになっていた。

初めてほのかな恋心を抱いた相手も学年一背の高い男子だったし、高校の頃、校舎の窓からそっと眺めていた男子はサッカー部でゴールキーパーをしていた。長くたくましい腕と広い胸板でシュートを受け止める姿を見るたび、鼓動が落ち着かなくなった。

「熱があるんじゃないか？」

「えっ？」

「顔が赤い」

「……っ」

春菜はとっさに頬《ほお》を両手で隠していた。自分でも察していたからだ。

(でも、この熱は絶対体調のせいじゃない！)

その自覚もあった。

頭のなかがぐるぐるしていた。

目の前の彼との縁を引き寄せるにはどうしたらいいのか？

何をして何を言えばいいのか？

脳味噌《のうみそ》をフル回転させ懸命に考えている。けれど、答えは見つからない。今日で終わりにしたくないという思いばかりが迷路のなかをぐるぐると回っている。

「なんだか様子がおかしいな。本当に大丈夫なのか？」

彼の手が伸びてきた。

子供の熱を心配して額に触れるような、ごく自然な動作だった。

(え？)

伸ばされた彼の右手の甲が、赤黒く汚れて見えた。

（傷が……。……私のせい？）

自分を助けようとした時、どこかにぶつけでもして怪我《けが》をしたのだと、春菜は慌ててスカートのポケットからハンカチを引っ張り出した。

言葉より先に身体が動いていた。

「大丈夫ですか！」

そう聞いた時には春菜はもう彼の手を取り、傷をハンカチで押えていた。

「私のせいですよね？　私を助けようとして、それで――」

「いや……、これは古傷」

「はい？」

彼の表情はさっきまでとまるで変わっていない。だが、心の揺れは伝わってくる。突然の春菜の行動に面食らっている。

春菜はそろりとハンカチを持ち上げた。慌てるあまりよく見ていなかったのだろう。傷が新しいものでないことはすぐにわかった。

乾いて血がこびりついていると勘違いしたのは、手首へと続く皮膚の一部が引《ひ》き攣《つ》れ、暗い色に変わっていたせいだった。

「あ……」

春菜は今更ながら自分の大胆な行動に気がついた。

「すみません」

急いで彼に触れていた指を離した。

「でも、よかった」

ほっと息が零《こぼ》れた。

とたんに肩から力が抜けた。

「てっきり私のせいだと――」

春菜は言いかけハッとした。

「ごめんなさい！」

春菜は黙っている彼に身を固くし、俯《うつむ》いた。

「無神経なことを言いました。ごめんなさい」

春菜は自分から離れない彼の視線を感じていた。

「昔の……古い傷だったとしても、あなたが痛い思いや辛い思いをしたことに変わりないのに、良かっただなんて私……」

許してもらいたい気持ちがポロポロ言葉になった。

「傷を負わせた相手が私じゃなくたって、そんなの理由になりません」

「……」

「本当にごめんなさい」

「これが暴れてできた傷だとしても？」

春菜はようやく口を開いた彼から投げかけられた言葉を追いかけ、顔を上げた。

「暴れて？」

「人にはよくそう聞かれる」

「喧嘩《けんか》とか……そういうことですか？」

彼は答えない。

彼の傷は刃物で裂かれた痕のようにも、火傷《やけど》のようにも見えた。それがスーツの袖口の奥まで続いている。春菜が思っているよりずっと酷《ひど》いものなのかもしれない。

「喧嘩でも、たとえ良くない理由だったとしても、私はあなたによかったなんて言いたくありません。私はあなたのことを何も知りません。でも……私を助けてくれたあなたは心の優しい人だと思っています」

どう返事をすれば正解なのか、彼に不快な思いをさせずにすむのか。考える余裕のない春菜は、素直な気持ちを答えるしかなかった。

「優しい、か」

彼の視線がスイと春菜から離れた。その刹那、冷たく凪《な》いだ面を感情の波が過《よぎ》るのを春菜は見た。

（あぁ……）

また鼓動が大きく跳ねた。

（どうしても、この人とこのままさよならしたくない！）

あきらめかけていた願いが一気に膨らみ、弾けた。

（そうだ、名前！　名前を聞こう！）

教えてもらえたら、もう一歩踏み出す勇気も一緒にもらえそうだ。

ところが――。

春菜が口を開く前に彼が聞いた。

「店の名前は？」

「え？　お店？」

「カフェで働いていると言っただろう」

「あっ、はい。リナリアです。ここから五分ぐらいのところにあります」

「リナリア……」

「珈琲《コーヒー》とオムライスの美味《おい》しいお店です。私……、私は日高《ひだか》春菜と言います。大学を出て働きはじめて三年目に入ったところです」

（もしかしたら彼はこの近くに住んでいるか、勤め先があるのかもしれない）

春菜がそう期待したのは、彼が倒れた自分を真っ直ぐこのビルに運んだからだった。介抱できる場所がどこにあるか、最短で行けるのはどこか。すぐに思いついたのは、街のマップに明るいからではないだろうか。

（もしもお店のお客さんになってくれたら、この人との縁は繋《つな》がる！）

閃《ひらめ》くように脳裏を駆け抜けた企《たくら》みに、春菜は背中を押された。

春菜は店の場所を説明した。彼の記憶に残るよう、目印になるショップやビルをできるだけたくさん教えた。

「ぜひお礼をさせてください！」

春菜はありったけの勇気を振り絞った。

初恋の背の高い彼も、ゴールキーパーの彼も、遠くからこっそり見ていることしかできなかったのに……。勇気をかき集める、その踏ん切りさえつかなかったのに、目の前のこの人だけは違った。

「お時間のある時にお店に来てください。珈琲の一杯でもご馳走《ちそう》させてください」

春菜は一目惚れという特別な恋を、どうしても手放したくなくなっていた。

「絶対に来てくださいね」

必死に言葉を明日へと繋げる。

「私、待っています」

「ありがとう」

周りの誰にも味気なく、無感情に聞こえるだろう声が春菜の鼓膜を優しく揺らして、その人は去って行った。

彼は店を訪ねるとは言わなかった。

でも……。


彼とまた会いたい。

そう思って必死になっていた春菜の前に救いの手を差し伸べてくれたのは、当の本人である彼自身だった。彼の方から店の名前を聞いてくれたことがきっかけとなって、春菜の前に明日へと続く扉は開かれた。


（だから、私はずうずうしく信じてみることにしたの）

彼と自分の間には簡単には切れない縁が最初から結ばれていたのだと、春菜は信じたくなっていた。

第一章　この恋は手放せない

春菜がカウンターを拭く手を止め、思わず店の入り口を振り返ったのは、

「わお。すごいのきた〜！」

藤崎《ふじさき》の感嘆の声を耳にしたからだけではなかった。

明らかに店の空気が変わったからだ。

一瞬でざわりと波が立った。それはあっと言う間にフロアの隅々まで行き渡り、客たちの視線を根こそぎ奪っていったようだった。

たった今入ってきた長身の二人の青年を見て、

（あ……）

春菜の鼓動は胸を破って飛び出すかと思うほど、跳ね上がった。

春菜がどうしても再会したかった彼がそこにいた。

恋心が爆誕した出会いから二週間が過ぎていた。彼との縁を繋ぎたくて勇気を振り絞ったのに無駄になった。もう二度と会えないのだとあきらめかけていたタイミングで、彼は来てくれた！

彼はあの、トレードマークとも呼べそうな鋭い視線を店内に巡らせている。

（もしかして、私を探してる？）

春菜の鼓動が再び大きく跳ねた時、彼と目が合った。

春菜は慌てて会釈をした。彼も目線で頷いてくれたように見えた。

同じフロアスタッフの藤崎が張り切ってオーダーをとりに出撃しようとしているのを、春菜は止めた。

「私がいきます」

「え？」

「私にいかせてください」

「日高さん？」

びっくりしている藤崎より誰より春菜が一番驚いていた。彼と出会った日に手にした勇気は、無駄になったどころか今もまだ身体のどこかで秘《ひそ》かに燃えているらしかった。

「どうせ訪ねるなら一人より二人の方がお店的にも嬉しいかなと思って、俺も一緒についてきちゃいました」

そう言って名刺を差し出したのは、春菜が会いたかった彼の同行者だった。

名前は綾瀬昌宏《あやせまさひろ》。

肩書は　株式会社東雲《しののめ》設計　代表取締役　とあった。

（この若さで経営者なんだ）

しかも、綾瀬は一目惚れの彼と双璧をなすほどの美形だった。だからこそ彼らが店に入ってきた時、店内があれほどざわついたのだ。

ただし、二人の雰囲気は大分違う。

綾瀬はとにかく明るく華やか。たとえるなら、その一挙手一投足《いっきょしゅいっとうそく》で国中の人々を魅了する王様だ。実際、日本人離れした彫りの深い顔だちといい，軽やかなウエーブのかかった栗色《くりいろ》の髪といい、黄金の冠が似合いそうだ。

綾瀬は自分とはテーブルを挟んだ向かいに座った彼――綾瀬が王様なら、彼は泰然自若《たいぜんじじゃく》として寡黙な騎士かもしれない――に視線を向けた。

「それでこっちが羽柴浩市《はしばこういち》」

（ハシバコウイチ……）

春菜は心のなかでその名を噛《か》みしめながら、ようやく彼の方を向いた。彼が店に入ってきた時からなんだか眩《まぶ》しくて、自分の恋心そのものを目の当たりにするようで、まともに見るにはエネルギーが必要だった。

「羽柴には俺のボディーガードをしてもらってる」

「ボディーガード！　そういう仕事があるのは知ってましたが、本職の方とは初めてお会いしました」

「目下、俺が面倒なトラブルを抱えているんでね。警備会社に護衛の派遣を頼んだんだ」

春菜は羽柴がボディーガードと聞いて驚いたが、騎士がイメージの彼にはぴったりの職業に思えた。

（じゃあ……、あれは私を探してたんじゃなかったんだ？）

羽柴が店に入ってすぐフロアを見回していたのは、ボディーガードとして周囲の状況をチェックしていたのだろう。そう思うと春菜は少しだけしょんぼりしたが、再会の願いが叶《かな》ったのだ。贅沢《ぜいたく》は言えない。

「君が日高さんかあ。羽柴が助けた女性がどんな人か、ぜひ会ってみたかったんだ」

どうやら綾瀬は、春菜が羽柴を店に呼んだ経緯を知っているようだった。

「羽柴は本当は一人で来たかったんだろうけど、無理に誘わせた」と、綾瀬。

「ガードしている都合上、お前を一人にできないと思い直して誘っただけだ」

即座に言い返した羽柴に、春菜は焦《あせ》って「ごめんなさい」と頭を下げた。羽柴に余計な迷惑をかけたと思ったからだ。

「私のわがままを聞いてくださって、本当にありがとうございました。でも、助けてもらったお礼がどうしてもしたかったんです」

春菜は羽柴に向き直ると、改めて感謝の気持ちを伝えた。

「今日は何を注文なさっても、支払いは私にさせてください。お願いします。もちろん、綾瀬さんの分もです」

「俺も？　いいの？」

無邪気に、花が咲いたように笑う綾瀬は、春菜の目をじっと見つめて今度は何やら悪戯《いたずら》げな笑みを浮かべた。

「ねぇ、日高さん。こいつは助けたお礼をしたいと言っても、そう簡単に誘いに応える男じゃないよ。気を遣わなくて結構ですって、自分の方もそういう気の遣い方をするやつだからね」

「ええ……？」

「あなたは特別じゃない？　だから俺はどうしても会いたくなったわけ」

「違いますよ」

春菜は真顔で答えた。

「無駄口はいいから早く何を頼むか決めろ」

羽柴は綾瀬の方へとメニューを押しやった。

（特別？　私が？）

まさか綾瀬の言葉を真に受けるほど、春菜も舞い上がってはいなかった。

今風に言えばコミュ強、すなわち社交家なのだろう綾瀬は、嫌味《いやみ》なく人を喜ばせることが得意そうだ。感情豊かな彼と並ぶと、羽柴の殺風景な表情がいっそう際立った。

願いが叶っての羽柴との再会。お礼もしたかったが、まず一番に彼に会いたかったのが春菜の本音だ。でも、どんなに勇気があったとしてもさすがに伝えられない。

（伝えたくたって、そもそもが二人きりで話すチャンスすらないんだし）

オーダーを厨房《ちゅうぼう》に持ち帰った春菜は、テーブルの羽柴を振り返って見つめた。

義理でも何でも来てくれて嬉しい。

だが、次は？　次はないかもしれない。

せっかく縁を繋いだと思ったのに、またもやこのどうしても手放したくない恋を奪われる瀬戸際に春菜は立たされていた。

（どうすればいいんだろう？　どうしたら羽柴さんにまた会える？）

考えても考えても妙案は浮かばず絶望していた春菜に光を与えてくれたのは、またしても羽柴本人だった。

帰り際、羽柴は自分の名刺を渡して言ってくれたのだ。

「綾瀬の会社のクライアントがこのあたりに集中してるんだ。彼についてよく来るから、また寄らせてもらう」と。

そもそも羽柴はおしゃべりが好きではないのだろう。見ていればわかる。綾瀬が相手でも例外ではなく、にぎやかな会話に楽しさよりもストレスを感じるタイプらしかった。出会った日にたくさんの言葉をかけてくれたのは、緊急事態ゆえのレアケースだったのだと思う。

それはそれで嬉しいけれど、再会してひと月以上が経《た》ち、週に一度は必ず、多い時は二度、三度と綾瀬と二人で来店してくれているというのに……。羽柴と会話を交わした記憶がほとんどないのが春菜は悲しかった。

「八月は暑かったですね」
「そうだな」
「ようやく陽差しも和らいできましたね」
「暑かったな」
「……ですね」
「……」

時候の挨拶ですら、気まずい空気に次第に居たたまれなくなる素っ気なさなのだ。

それにひきかえ綾瀬は、春菜も含め店のマスターやスタッフ、はては今日会ったばかりの客たちとも交流が活発だった。その証拠に、

「日高さんは恋のキューピッドなんだって？」

そんな常連さんの間でだけ囁《ささや》かれている噂《うわさ》までも、さっそくキャッチしていた。

実は『日高春菜はキューピッド説』が生まれるまでには、ちょっとした経緯があった。


まずは恋の舞台となるここ、カフェ・リナリアについて――。


お客さまいわく、リナリアにリピーターが多い理由はひとつじゃない。

春菜も同感だった。

たとえば、マスターだ。

都内に三店舗を経営し、かつ本店の店長＆シェフも務めるマスターは、深い群青の蝶《ちょう》ネクタイに黒のベストとカフェエプロンが似合いすぎるほど似合うロマンスグレーで、まさに『ザ・マスター』と呼ぶにふさわしい。

客にしょっちゅう一緒に写真を撮らせてくださいとお願いされる人気者だ。

お客さま第一のマスターは、寡黙《かもく》なのに微笑《ほほえ》みを惜しまない。そんな彼を慕って集まってくる客層がいいのが、二番目の理由。老舗の名曲喫茶のように静かでいることを求められはしないが、大声でしゃべったり騒いだりする客はいない。

春菜も初めての来店で、自然と長居してしまう雰囲気を気に入った客の一人だった。

レジの後ろに店員募集の張り紙を見つけたのは、それから半年後のこと。大学の卒業を目前に控えたタイミングだった。

カフェの経営は春菜の子供の頃からの夢だった。春菜は悩みに悩んだ末に、内定していた外食企業に辞退の連絡を入れた。

理由の三番目は、マスターが一杯一杯心をこめて入れる珈琲と、名前を聞けば誰もがすぐに思い浮かべるシンプルなメニューだ。一番人気のオムライスはもちろん、サンドイッチやピラフやスパゲティーや。昭和の時代から喫茶店の定番だった料理は、どれも美味しい。

ただ、時に注文が集中しすぎて必要な食材が足りなくなり、買い出しに走らされるのが地味に大変だった。実は羽柴と出会ったのも、スーパーにダッシュした帰り道でだった。

とにかくそんなふうに魅力的な店なので、一度利用すれば二度三度と足を運んでくれる人が多い。

(だから私、いっそのことお客さん交流用のボードを設置しませんかって提案したんだよね)

春菜が働きはじめて間もなくのことだ。

レジカウンターの左奥――人の二、三人は立ち止まっても邪魔にならない広さのスペースがあって、壁にはホワイトボードが掛けてあった。縦約一メートル、横も二メートルはある大きな伝言板だ。ボードを設けて二年近くが過ぎたが、春菜が期待した以上に楽しんで活用されている。誰かの書き込んだたわいもない呟きに誰かが返したり、重めの愚痴には真剣なアドバイスが寄せられたり。伝言板を通じて様々な趣味のグループも生まれ、イベントの告知や仲間募集もかけられる。常連以外にも参加してもらえるよう、新しい客が自己紹介するスペースまであった。

伝言板の和気あいあいとした雰囲気はスタッフにも伝播《でんぱ》し、客との距離が良い意味で近くなった。スタッフを名前で覚えている客も少なくない。

メッセージを書き込めるリナリアオリジナルのコースターは、開店当時にマスターのアイデアではじめたものだという。客のなかにはそのまま持ち帰ってカードとして利用する者や、毎月変わる花の絵柄が目当てで集めている者もいる。

伝言板がそうだったように、ＳＮＳ全盛の時代だからこそ手書きの文字によって伝えられる言葉が相手の心に響くのだろうか。

リナリアを中心に広がった客の輪のなか、カードが交際申し込みのアイテムとして最初に使われたのはいつだったのか。誰の思いつきだったのかもわからない。店の人間が気がついた時には、すでにプチブームになっていた。

『コースターのメッセージカードを日高さんに託すと、相手からＯＫの返事がもらえる』

いつの間にやらそんな噂が客の間で囁かれるようになっていた。

そして――。

秋の陽差しが路面を柔らかく染めはじめたその日の午後も、春菜は紅茶と一緒にコースターのメッセージカードを窓際のテーブルまで運んでいた。


常連客の青年は読んでいた文庫本から目を上げ、いつもそうするように軽く頭を下げた。春菜はダージリンティのカップを置くと、彼がテーブルに向き直るのを待って、オレンジ色のコースターを差し出した。

表に描かれた花は薔薇《ばら》だ。

花言葉は、愛。

「どうぞ。お預かりしてきました」

「僕に？」

きょとんと目を大きくした彼は、次には耳朶《じだ》を真っ赤に染めた。

「ほんとに？　僕にですか？」

信じられないという顔つきの青年がコースターを裏返すと、そこにはメッセージ欄があって、スマホの電話番号とメールアドレスが書いてあった。彼と交際希望の女性の名前と一緒に。

「え……と、日高さんに聞くのが反則なのはわかってますが、どんな方ですか？」

彼もまた、コースターを受け取った人間のほとんどがする質問を春菜にした。

「本がお好きみたいですよ。一人で来店して静かに読書をなさっていることが多いですね。一見、気難しそうな雰囲気はありますが、ぐずっているお子さんに話しかけたりお店に飾る花を時々差し入れてくださったり。周りに気配りのできる気持ちの優しい方だと思います」

春菜はひとつひとつの言葉を慎重に選びながら、二人の出会いがどうか幸せでありますようにと心のなかで祈っていた。


「ねぇねぇ、彼、喜んでたでしょ？」

春菜が待機スペースに戻ると、藤崎が小声で話しかけてきた。

「見たところ、自分の方からはグイグイいけそうにないタイプだもんね。そりゃあ先にアプローチしてくれる相手が現われたんだもの。嬉しくないわけないわ」

背が高くてスレンダーでアップに結った髪が色っぽい藤崎は、春菜とは反対に歳より大人びて見られる。彼女の方が年上と言ってもたったの一歳差なのに、周りの目には三つも四つも離れて映るらしい。一緒に歩いていると必ずと言っていいほど、高校生の妹に間違われた。

「これでめでたく二人は交際スタートだねぇ。なにせキューピッド春菜がメッセージを運んだんだから」

「その呼び方、やめてください。女子プロレスの選手みたい」

「だってホントにキューピッドでしょ」

実際、想《おも》いが叶ったと礼を言われたことは何度もあったが、正直、春菜は困っていた。申し訳なく思っていた。

頼まれてメッセンジャー役を引き受けてはいるものの、何か特別な力があるわけではないのだ。偶然が重なっているだけに決まっていた。それなのに大事な想いを期待値込みで託されても、春菜に責任はとれない。

「つき合って三カ月で別れたカップルの話を聞きましたけど」

「私の知ってる最速は七日！　たったの一週間よ」

「それじゃあ私、キューピッドじゃないじゃないですか。ハッピーエンドにならなかったんだから」

藤崎は大きく首を横に振った。わかってないなあとでもいうように。

「恋愛はねぇ、まずはおつき合いできなきゃはじまらないの。恋愛のゴールが恋人から永遠のパートナーへの昇格だとしたら、交際にＯＫもらった時点で道のりの半分まで来たも同じなの。あとの半分を完走してゴールに辿《たど》り着《つ》けるかどうかは、本人たち次第。あなたには何の責任もないのよ」

恋多き女なのも、恋愛における行動力がケタ違いなのも、藤崎と春菜の大きな差だった。ゆえに経験豊富な彼女の言葉には説得力があった。

「好きになった人につき合ってもらえるのって、運もあると思う。告白のタイミングとか気持ちを伝える言葉の選択とか、本人が意識しなくても自然とベストな条件がそろうのよ。そういう運をあなたは引き寄せてくれるんだもの。キューピッドって呼びたくもなるじゃない」

「そうなのかな」

「キューピッドの噂を聞きつけて、リナリアに来てくれたお客さんもいるかもしれない。調べたわけじゃないけど。だから、お店の大切な魅力のひとつになってるとは思うんだけど……」

日頃ポジティブ派を自称する藤崎には珍しく、首を傾げて考え込んだ。表情まで曇らせるのを見て、春菜はドキリとした。

「けど……？　なんですか？」

「日高さんがほかの人のために自分の恋愛運を使い切っちゃうんじゃないかって、ちょっと心配で」

春菜はまたまたドキリとした。なぜなら同じような心配を、マスターやお客さんからもされたことがあるからだ。

「私のおばあちゃんの友達にね、仲人名人って呼ばれてる人がいるのね。その人がお見合いをセッティングすると、成婚の確率が抜群に高くなるって意味での名人よ。彼女、ため息混じりにぼやいてたわ」

藤崎が名人の口真似《くちまね》をして教えてくれたことには、

「私はきっと自分の恋愛運を削って、人さまを幸せにしてきたのねぇ。だからこの歳まで独り身なのよ。淋《さび》しいわあ――だって」

春菜は返す言葉につまった。

(淋しい独り身って……)

具体例を出されると、みんなに気遣われおぼろに抱いていた不安が一気に形になった気がした。

「ね。日高さん、好きな人いないの？」

「えっ？」

「今すご～くおつき合いしたい人、誰かいないわけ？」

春菜は肩を並べた彼女にヒジでつつかれた。

「あ、赤くなった。いるのね、誰か？」

嬉しそうに声をあげた藤崎を前に、春菜は熱くなった頬を隠すこともできない。

「私の知ってる人だったりして？」

「……」

「迷ってちゃ駄目よ。運を使い切らないうちに告白しないと」

（告白？　私があの人に？）

春菜の胸にさわりと波が立った。何かにせき立てられるような、居ても立ってもいられない気持ちになった。

と——ドアベルの音がして店の扉が開いた。春菜には予感がした。

（あ……）

やっぱり——。

春菜の心臓がとくんと打った。羽柴のことで頭をいっぱいにした春菜に応えるように、彼が入ってきた。綾瀬も一緒だ。

羽柴の姿を見ただけで、あっと言う間に鼓動が速くなる。

あのたくましい腕と広い胸に助けてもらった瞬間から、ずっとだ。

忘れられない夏の日に生まれたこの胸の高鳴りは、彼が目の前にいない間もドキドキと心臓を震わせ続けている。

「いらっしゃいませ」

見事な営業スマイルで羽柴たちを迎えた藤崎は、

「？　ちょっと、日高さん？」

一緒に頭は下げたものの、ぽうっとして心ここにあらずの春菜に怪訝《けげん》そうな目を向けた。そのまま春菜の視線を追いかけ、すべてを悟った顔つきになった。

「なるほど。こりゃ超激烈優良物件だわ」

(だよね。わかってる)

本当に、そんなことは春菜が一番よくわかっているのだ。出会った頃より彼について多少なりとも知った今の方が、厳しい現実を身に沁《し》みて感じている。

「綾瀬さんてほんと王子様だよね。背が高くてモデル体型、金髪でも違和感なさそうなハリウッドフェイスだし」

「え？」

「羽柴さんと同じ、まだ二十九歳だっけ？　ルックスだけならまだしも、その若さで自分の会社を持ってるっていうんだから。しかも親は大企業のトップだし。もう間違いなくＵＭＡなみにお目にかかれない最強スペックの持ち主だよねぇ」

「わたしが好きなのは綾瀬さんじゃありません」

「えっ？　ええ……？」

彼女はポカンとした。

「……ってことは、羽柴さんの方？」

「はい」

春菜はパーテーションがわりの観葉植物を背に、奥のテーブルに座った羽柴を見つめる。相変わらずしんと静かな表情《かお》をしているが、春菜の目には口元が微かに綻んで見える。店に入った瞬間からリラックスしてくれているように映っている。

(わ……、目が合った?)

気のせいだろうか。彼が自分を見た気がした。

(私がガン見してたからだ)

見つめるのに夢中になりすぎて気づかれたんだと思うと、春菜は恥ずかしさに消えてしまいたくなった。

まだびっくり顔のままの藤崎に見送られ、春菜はオーダーを取りに羽柴のテーブルに向かった。


春菜はお冷やのコップを最初に綾瀬の前に、続けて羽柴の前に置いた。

「ご注文がお決まりならお伺いします」

春菜は羽柴にだけ小さく会釈をする。

また来てくださって嬉しいです、の気持ちをこめて。

すると彼の方も毎回そうするように目線で返してくれた。

それだけでもう、春菜の胸はきゅっと締めつけられた。

コップを手に取った綾瀬が、メニューブックに目を通すことなく「いつもの」と注文した。

「羽柴もいいよね。いつもので」

「ああ」

「カフェラテと珈琲のオリジナルブレンドですね。かしこまりました」

春菜はテーブルを離れようとして、ドキリとした。今度は羽柴と目が合ったのがはっきりとわかったからだ。

(なんで?)

ボディーガードらしくいかにも眼光鋭い羽柴だ。目が合った一瞬で、高感度探知機のごとく頭の天辺から爪先までチェックされた……ような気がした。

(今日の私、どっかヘン? 口紅がはみ出してるとかストッキングが伝線してるとか?)

春菜は慌てて厨房に戻ってオーダーを伝えると、カウンターの続きにある柱の陰でストッキングの状態をチェックした。ほかにおかしなところはないか、服装を点検してみる。鏡のある場所まで移動して、恐る恐る自分の顔を映してみた。春菜の口からほうっと息が洩《も》れた。

「良かった。どこもおかしくない」

だったらあれはなんだったのだろう? 改めて思い返すと、目が合う前から彼の視線は自分に向いていた気がする。

（何か言いたそうな顔をしていたような？）

春菜は、いやないなと頭をきっぱり横に振った。再会して以来、羽柴とはろくに口をきいたこともないのだ。彼に自分に話しかけたいどんな話題があるというのか。

「さっきはごめんね。せっかく秘密の相手を打ち明けてくれたのにびっくりしちゃって」

レジを打って客を送り出した藤崎が飛んできた。

彼女は申し訳なさそうだったが、春菜は羽柴への気持ちを誰かに打ち明けることで、少しだけ心が軽くなっていた。それだけ彼への想いが重く大きく育っている証拠かもしれない。

「イケメン指数で言えば、羽柴さんも綾瀬さんに負けてない。綾瀬さんより身長が約二センチ高い分だけ、彼の方がイケてると思ってる女子も多いかもしれない。でも、綾瀬さんほど高嶺《たかね》の花《はな》じゃないよね。ライバルの数は少ないはず」

罪滅ぼしのつもりか、藤崎は春菜を励ましたくなったらしい。

「どうして少ないんですか？」

「だって、つき合いたいってチャレンジャーはそうはいないでしょ」

「チャレンジャー？」

「ガタイがいいうえ、完璧すぎる美貌は血の通ってないサイボーグみたいだし、まったく笑わないから近づきがたい怖さがある。彼女になったらパワハラされそうとか、ハウスキーパー扱いされそうとか噂してる子たちもいるし」

つまりはそれこそが、春菜の好きな相手が羽柴と聞いて藤崎が驚いた理由だった。

「そんな……ひどいです」

「だよね。実際つき合ってみなくちゃわからないよね」

自分自身に言い聞かせる口調だった。

「ほら、すっごい美形だけどめちゃくちゃ強くて怖い不良やヤクザが、実は男気があって優しい心の持ち主って話はよく聞くじゃない」

（それ、漫画の登場人物でしょう。ヤクザもひどいです）

春菜は知っている。

冷徹そうな印象を受ける顔だちに加え、たくましい体格にも惑わされ、一部の人間の目には右手の傷跡までもが何やらいわくありげに映っている。暴力的なトラブルをイメージしたり、入れ墨を消した跡じゃないかと疑ったり……。

「羽柴さんって聞いた時、可愛いマメシバがでっかいサーベルタイガーの餌食になる絵しか浮かんでこなくて不安しかなかったんだけど、ほんとごめんね。偏見だった。日高さんが好きになる人がおかしな人であるわけがないのに」

藤崎は、失恋してもいいと心から思えた時が告白のタイミングだと言った。恋愛マスターのアドバイスは、いちいち春菜の心に刺さった。

（告白したらその場でソッコーふられちゃいそうだな。しかも、たったの一言でバッサリと）

春菜は告白シーンを何度も想像してみるのだが、けんもほろろに断られる場面しか浮かんでこなかった。

それでも、好きな気持ちはどうしようもなかった。ほかのどんな男性を前にしても、春菜の鼓動はこんなに暴れはしなかった。彼に対してだけとんでもなくドキドキして、それから胸がつまって苦しくなる。

（片想いで十分だって。告白するなんて考えもしなかったけど……。この感情は、放っておいたらどうなるのだろう？）

伝えられない気持ちはどこへ行くのか？　いつかは忘れてしまうのだろうか。それとも消えて無くなってしまうのか。こうやってあなたを一度見てしまえば、目が離せなくなるぐらい夢中なのに？

（忘れるなんて、無理。できない）

彼と目が合った一瞬の自分の心のありさまだけで、春菜にはそれがわかってしまった。

彼への想いをこのまま放っておけば、忘れるどころかどんどん自分の首を絞め、苦しくなるばかりだろう現実を春菜は突き付けられていた。

「日高さんが尻込みするのもわかる。でも、強敵なのをいい言い訳にして告白しないのはもったいないな。せっかく好きな人にめぐり会えたのに。出会いも運よ、運！」

藤崎にまた励まされる。


（私、告白してもいいですか？）

片想いのままで十分、告白しないままでもいいと思っていたのは、そうすれば恋は叶わないかわりに失恋もしないで済むからだ。いつまでもこの切ないけれど楽しい、苦しいけれど嬉しい、好きな人がいるふわふわとした幸せな気分に浸っていられると思ったからだ。

でも、本当にそれでいいの？


春菜は改めて、素直な気持ちで自分の心と向き合っている。

「告白する前に勝手に結果を出しちゃ駄目だよ。失恋するかしないかは、五分五分だと信じて」

春菜の心を見透かしたように、藤崎がニッと笑った。

「恋愛運が尽きないうちにね」

働きはじめて間もない頃の、失敗して落ち込んだり悩んだりすることの多かった春菜に、彼女はよくこの笑顔を向けてくれた。私がついているから大丈夫、いってらっしゃいと背中を押してくれる頼もしい笑顔だ。

羽柴が席を立つのが見えた。

羽柴がこちらに向かって歩いてくる。もしかしたら、電話でもかける急用ができたのかもしれない。そういう時は、ほかの客に迷惑がかからないよういったん外に出る気遣いのできる人だ。ヤクザみたいに平気で他人を傷つける冷酷な人間なら、そんなことはしない。

「見とれてないで——ハイ、運んで」

藤崎にカフェラテと珈琲の載ったトレイを渡された。

(告白するとしたら、どうすればいい?)

恋愛運が尽きないうちにと、焦る気持ちがにわかに頭をもたげてきた。

(会ってもらう約束を取り付けなくちゃだよね)

羽柴がどんどん近づいてくる。

別に自分のところに来るわけではないとわかっていても、ドキドキする。

緊張する。

（名刺の連絡先にかけてもいいですか？）

春菜は羽柴にもらった名刺を宝物のごとく大切にしていた。もちろんボディーガードであることは伏せられ、名刺には社長付き秘書という名目上の肩書のほか、オフィスの電話番号とスマホの番号も記されていた。

（迷惑じゃないですか？　オフィスにかけたら取り次いでもらえますか？　スマホが社用のなら駄目ですよね。ルール違反になりますよね）

春菜は羽柴とすれ違う時、緊張のあまり飲み物を零したりしないよう覚悟して一歩を踏み出した。


（勇気がもう一度ほしい！）


出会った日に彼との縁を手放したくないと必死になった、あの時に負けない勇気が！

こちらに歩いてくる羽柴を呼び止めたかった。呼び止めてその場で二人で会う時間を取ってもらえるよう、お願いしたかった。

羽柴がすぐ目の前までやってきた。

トレイを持つ両手の指に力を込めた春菜は、まだ勇気のスイッチを探してジタバタしている。

「日高さん」

「……?!」

まさか自分の方が呼び止められるとは思ってもいなかった春菜は、冗談ではなく飛び上がるぐらいびっくりした。トレイの上でカップの中身が跳ねた。

「仕事中に申し訳ない。実は個人的に相談に乗ってほしいことがあるんだ」

「相談って……私にですか?」

春菜の声は震え気味だったが、

「まず頼めるかどうかの返事をもらいたい。もちろん、断ってもらってもかまわない」

羽柴の方は普段とまるで変わらなかった。業務報告でもする口調で淡々と話す彼の、相変わらず感情が表立つことのない顔からは、相談内容が何かなど知りたくても読み取れるはずもなく。

「プライベートの携帯番号を書いておいた。ここに連絡をくれないか」

そう言って彼が春菜に渡したのは、コースターのメッセージカードだった。


レジを打つ手がもたついている。

(いったいなんて返事をすればいいんだろう? 相談の中身もまるきりわからないのに。これから無謀な告白を強行しようって女が、彼の相談相手になんてなれるの? ＯＫしたはいいものの全然

役に立てなくて、羽柴さんがお店に来なくなっちゃったらどうしよう。告白するどころじゃなくなっちゃうよ）

羽柴にカードを渡されてからずっと、春菜は悩んでいた。ああだこうだと考え続けて結局答えを出せないまま、羽柴たちのテーブルの会計をしている。

休憩時間も羽柴にとっては護衛の仕事をしている扱いになるのだろう。支払いはいつも綾瀬だ。

「なあ、さっきの話だけど、例のパーティーに参加するつもりは本当にないのか？」

決済を負えたスマホをポケットに戻して、綾瀬が半ばあきらめた口調で羽柴を振り返った。

（パーティー？）

春菜の、羽柴に対してだけ働くアンテナがピコンと立った。

「いいじゃないか、顔を出すぐらい。お前なら短時間でも出会いのチャンスは向こうから山ほどやってくると思うんだが」

「私はいい。面倒だ」

彼らがリナリアに通いはじめた頃だ。雇い主と被用者の関係なのにまるで友達のような会話をしているのを不思議に思っていた春菜に、綾瀬が説明してくれた。

「俺たち、中学、高校、大学と一緒なんだよ」と。

最初に友人関係があって、それをツテに綾瀬は羽柴の勤務先に連絡を取り、彼を指名で派遣してもらったそうだ。

「護《まも》ってくれる相手と気心が知れている方が、より完璧なガードが期待できるからね。特に瞬時の判断が求められる時には心強い。互いに阿吽《あうん》の呼吸で動ける。危機を回避できる確率が高くなるんだ」

綾瀬は羽柴の仕事をよく理解している口ぶりだった。

友人同士の二人は、時と場合を選びつつ学生時代と変わらないコミュニケーションを取っているようだった。

(親友みたいなものだもの。羽柴さんと綾瀬さんの関係なら、互いに女の人を紹介したりコンパに誘ったりもするよね？)

春菜のアンテナがフルフル震えている。

春菜に危機を教えている。

「マッチングアプリだの街コンだのは、親がいい顔しないんだろう？　結婚相談所もなあ。他人に頼むぐらいなら自分たちがお見合い相手を連れてくるって張り切っちゃう人たちだもんな」

(やっぱりそうだ！)

「でも、今度のパーティーは問題ないんじゃないか。参加者は男もだけど女もみんな、身元のしっかりした良いとこのお嬢様に限られてるんだ。親の口出しがない分、そう面倒なことはないはずだ」

「婚活パーティーですか？」

春菜はつい確かめてしまった。

富裕層の子女に限定した婚活が、庶民にはめったに利用できない高級ホテルや一流レストランを舞台に繰り広げられている。春菜もそんな噂を耳にしたことがある。綾瀬が羽柴に勧めているパーティーがそれかもしれなかった。

「そうなんだ。俺の方は参加予定なんだけど」

綾瀬の会社は社員約三十名と決して大きくはないが、少数精鋭で主に店舗や個人住宅の設計を手がけている。

代表である綾瀬の仕事はトップセールスと、優秀なスタッフを動かし着実に実績を積み上げること。建築施行を依頼する大手建設会社との大事なパイプ役も、彼の仕事だ。しかも、その建設会社は彼の曾祖父《そうそふ》が起こしたと聞いた。

パーティーの男性参加者の条件がハイステータスな学歴や経済力、社会的地位にあるなら、綾瀬には十分な資格がある。

羽柴もボディーガードという職業は特殊だが、条件を満たしているのだろう。

「急がないと打ち合わせに遅れる。無駄話はやめて、行くぞ」

「お前はもう少し遊ぶことを覚えろよ」

先にレジを離れた羽柴に綾瀬は続こうとして、愚痴なのかなんなのか。春菜にこそっと囁いた。

「あいつ、最近フリーになったばかりで淋しいだろうから応援したいんだけどね。昔からそう。人に世話を焼かれるのが得意じゃないんだ」

「かまわれるのが苦手そうですよね」

「まあ、そのあたりの事情を抜きにしても断られるかもとは思ってたけど」

綾瀬の不思議な笑みを残して、二人が出て行く。

「ありがとうございました」

羽柴の背中を見送る春菜の頭のなかで、もう一人の自分が声を上げている。


『羽柴さん、今フリーなんだって。綾瀬さんに強く勧められたら、パーティーに参加するかもしれない。恋人だって、できちゃうかも』

『もし、羽柴さんに彼女ができたら、片想い気分を楽しむ余裕なんてある？』

『ない。告白もできなくなると思う。恋人のいる人に告白したって、迷惑なだけじゃない』

『だったらさっさと好きだと言って、ふられた方がいいよ』

『藤崎さんの教えてくれたタイミングって、今じゃない？　失恋していいと心から思えた時って、今なんだよ』

『羽柴さんの相談内容がどうだって関係ない。彼が二人の時間を作ってくれるというんだから、チャンスだ』


春菜は羽柴を追いかけ店を出た。

薄青の空が高く晴れ渡る気持ちの良い日だった。

歩道は行き交う人々で思いのほか混んでいた。

羽柴たちがどちらに向かったのかわからなかった。

春菜は彼を探して、右に左に走った。


(私が焦っているのは、恋愛運が尽きちゃうのが怖いからじゃないんだ)


うっすら濡《ぬ》れて曇《くも》った瞳で、春菜は思う。

春菜を今追い立てているのは、自分でも手に負えないほど大きくなってしまった羽柴への想いだ。

何をどうしても忘れられない、消すこともできない想い。

羽柴が婚活パーティーに行くかもしれないと知って頭を殴られたぐらいショックだったり、ふられた後の自分を想像して泣きたくなったり。こんなにも生々しい感情に育ってしまった彼への想いに、春菜は駆り立てられている。


(私はあの人が好きなんだ)

春菜は目が覚めるように気づいてしまった。

彼に出会う前の自分なら、こんなふうに仕事を放り出してまで追いかけていない。出会ったあの日も、彼との縁を繋ぎたくて、必死になってお店に来てほしいとお願いもしていない。

春菜は今胸にあるこの想いのためなら、やれることはなんでもしたい、なんでもできる気になっている。

羽柴に恋する気持ちが、春菜を自分の知らない自分に変えたのかもしれなかった。

春菜は追いかけている背中を見つけた。

「待って！　羽柴さん！」

羽柴が足を止めるのが見えた。

「羽柴さん！」

羽柴は振り返ってくれた。

(私、一番大事なことを忘れてました)

春菜は知っている。

(あなたは怖いかもしれないけど、優しい人です)

自分を守るように抱き留めてくれた広い胸と力強い腕を、春菜は忘れていない。

「大丈夫か？」

春菜を気遣う声に秘められた優しさを、春菜は覚えている。

羽柴は自分の告白をぞんざいに扱ったりは、きっとしない。たとえふられても、彼を好きになって良かったと絶対に思えるはず。そう信じているから春菜は、振り返ってくれた彼の前に立てた。

「羽柴さん、お話なんでも聞きます。だから、今度会ってください」

熱く火照った頬にも負けずに、真っ直ぐ彼の目を見て言えた。

第二章　真夜中はシンデレラ

羽柴に渡されたコースターを大事に持ち帰ったその夜。一人になってもう一度、手のなかの宝物を眺めていた春菜は「あっ」と小さく声を上げた。

「気がつかなかった！　これ、リナリアだ！」

コースターの花の絵は何十種類もあって、テーブルにはランダムに配られる。なかにはめったにお目にかかれないものもあり、コースターを集める客の間ではレアカード扱いをされていた。リナリアの花のコースターもそのなかの一枚だった。

店の名前にもなっている花だから余計に価値がある。客にとってはそうだろう。でも、今の春菜には別の理由で意味があった。

花言葉だ。

この恋に気づいて。

コースターに描かれた花の、花言葉について調べている常連さんに聞いたのだ。

もちろん羽柴はコースターがメモ紙がわりに使えるから利用しただけで、描かれた花がリナリアであることに気づいてもいないだろう。ましてや花言葉など知るはずもない。

だが、春菜はどうしてもコースターに自分の心を重ねてしまう。

花言葉と同じ想いを抱えた自分のもとへ、カードは来るべくしてやってきたのだ。しかも、彼の手を経て！

この偶然に、運命的なものを感じては駄目だろうか？

春菜は羽柴との約束――明日の夜、彼の仕事が終わるタイミングで落ち合う。場所は羽柴が春菜を介抱したビルの地下にある喫茶店で――を前に、両手で包んだコースターを強く胸に押しつけた。緊張で張り裂けそうになっている。

羽柴に渡されたリナリアのコースターは、今や春菜の大切なお守りだった。

(もしも本当に私にキューピッドの力があるなら、このカードにこそ宿ってほしい。私に希望を与えてほしい)

明日、彼に告白して首を横に振られてもいいのだ。

(羽柴さんがこれからも変わらずに店に来てくれるような、いつかは奇跡が起こっては恋が叶うかもしれないってずっと夢みていられるような……。そんなささやかな希望だけでも残ったら)

欲しい希望は、はるか頭上に輝く星のごとしだ。どんなに背伸びをしても手が届きそうにない。

春菜にとっては願いというより祈りのようなものだった。

しかし、このお守りは元旦に引いた大吉のおみくじよりもはるかに霊験あらたかだったらしい。

希望は春菜にもたらされた。

ただし、思いもよらない形で——。


「日高さんは優秀な恋愛マスターだと聞いた。君さえよければ、私にも力を貸してもらいたい」

（は？）

春菜は目の前に座った羽柴の口から飛び出した言葉に、一瞬、目が点になった。軽いアルコールも出す店内はそれなりににぎやかだったが、春菜の脳裏から人のざわめきもクラシックなＢＧＭも一気に引いていった。

（マ、マスター？　店にマスターは一人しかいませんけど？）

「君にアドバイスを受ければ、恋愛が成就する確率が飛躍的に高くなるそうだな」

「えぇ……」

春菜はハッとした。

（どこでどうしてそうなった！）

おそらくは『日高春菜はキューピッド説』が巡り巡って彼の耳に届いた時には、キューピッドがマスターに変わっていたのだろう。すっかり信じているらしい羽柴の強い眼差しに圧され、春菜は俯いた。

「私に女性とのつき合い方を教えてほしい」

春菜は再び驚きで丸くなった目を、慌てて彼に向けていた。

「私に相談したいのは、女の人とうまくつき合えない悩みですか？」

「そうだ」

「でも、今まで交際経験がないわけじゃないですよね」

春菜は自分で質問しながら、当然ですよねと頷いている。

「年相応にはある。が、誰とも長続きしなかった」

「そうなんですか？」

（どうして？）

「彼女たちが離れていく原因が私にはあるんだろう」

（羽柴さん……）

普段と変わらずほとんど変化のない羽柴の表情から、不思議と感情の揺れが伝わってきた。

恋人との破局が続く現実に怨《うら》みを抱いている顔でも、そんな自分を恥ずかしく思っている顔でもなかった。おそらく羽柴は女性問題を、己が向き合うべき課題と捉えている。

彼は真剣なのだ。

（でも、どうしたら？　私はアドバイザーでもカウンセラーでもないんだし）

「意外な悩みだという顔だな」

「え？　ええ……。羽柴さんも綾瀬さんと同じなのかなと思っていたので」

綾瀬の女性関係が華やかなのは、歴代の彼女の誰とも上手《うま》くやってきたという意味も含めて、本人の言葉の端々から感じ取れた。

「それを言うなら君に対しても、人は見かけによらない、意外だと話している者はいるな」

「私がですか？」

「異性に人気があって、ゆえに他人にアドバイスできるほど経験豊富と知って驚くらしい」

（なんなの、それ？　なんでそんなことになってるの？　嘘《うそ》ばっかりじゃない）

「私は意外とは思わないが」

「え？」

「君に人気があるのは納得している。当然、経験値も高くなるだろう。私は……」

羽柴はなぜか、らしくもなく言い淀《よど》んだ。そして、やはり彼には珍しく春菜から視線をわずかに逸《そ》らすと、「私は女性の過去は詮索しない主義だ。気にならない」と続けた。

（ごめんなさい。無理です。藤崎さんならまだしも、私では力不足です）

異性に人気がある実感はゼロだったし、現実に交際まで発展した相手は大学時代に一人いただけだ。やはりアドバイスなどできそうになかった。

春菜は羽柴の誤解を解いて、彼の頼みを断ろうとした。だが、

(待って待って！　よく考えてみて。断って、それから告白するでしょ？　その先は？)

春菜は喉まで出かかった断りの言葉を呑み込んでいた。

「手取り足取り初級から上級へ、ひとつひとつ段階を踏んでスキルアップさせてくれるとか」

「手取り足取りって、それじゃあまるで彼女……もどきみたいじゃないですか」

「そうだな。レンタル彼女、とは違うな。レッスン彼女か」

『彼女』の二文字が、春菜の胸の真ん中にストンと落ちてきた。

もしも春菜が今告白したら、レッスン彼女の話はなくなるだろう。羽柴にしてみれば、自分に片思いしている相手に教わる意味がないからだ。

(じゃあ、告白しないで羽柴さんの頼みをきいたら？　彼と二人きりの時間が持てるということ？)

本物の彼女としてではないが、離れた場所からひたすら憧れ続けるしかなかった人と、二人きりでおしゃべりしたりお茶したりごはんを食べたりできるのだ。

(綾瀬さんが言ってた。羽柴さんは今フリーだって。女性とのつき合い方を知りたいということは、婚活パーティーは断っていたけど、新しい恋人はほしいのかも)

チャンスじゃないのと囁く声がする。

彼のレッスン彼女になって、二人の時間を確保する。一緒にいる間、好きになってもらえるよう

に頑張る。告白はその後だ。

（そうすれば、本物の彼女になれる可能性も少しは出てくるかな。十パーセント……、ううん、五パーセントでもいいから）

恋愛経験豊富と間違われている状況は、レッスンの間、とんでもないピンチを春菜に招くだろう。ヒシヒシと押し寄せてくる不安には目を瞑《つぶ》り、春菜はピンチのなかからチャンスを拾って、賭けてみずにはいられなくなった。

春菜はテーブルに着いてから、大好きなワインも、彼が選んでくれた美味しそうなおつまみもほとんど口にしていなかった。

「日高さん、具合でも悪い？」

知らないうちに俯き、じっと心のなかを覗き込んでいた春菜に羽柴が尋ねる。

「冷たい水でももらおうか？」

「いえ……、大丈夫です」

「ならいいが、いつもよく笑っている人にそう黙っていられると気になる」

春菜の心臓がとくんと鳴った。

（羽柴さんの優しさが好き）

出会いの日に自分を抱き留めてくれた彼の腕を、胸を、春菜は覚えている。とてもたくましく大きな存在として記憶のなかに呼び覚まされるたび、そんな彼にふさわしい優しさだと思えた。

「ねぇ。めっちゃカッコいいよねぇ。アニメに出てくる美形悪役みたい」

「でも、なんか怖そう。声かけても無視されそう」

後ろのテーブルの囁きが、春菜の耳に届いた。

彼と店に入った瞬間から、春菜は感じている。自分に向けられる女たちの羨望の眼差しを。

彼女たちは、たとえばこんな会話を交わしているのかもしれなかった。

「一緒にいるの、彼女っぽくないよね。妹さんかなあ」

「似てなくない？　たぶん職場の後輩とかだよ」

春菜に想像できてしまうのは、過去に似た経験を何度もしているからだった。

藤崎は春菜をマメシバに例えた。小さくて可愛いと、良い意味をこめてくれたと思う。でも、どうやら春菜の可愛いは男性の目には魅力足らずに映るらしい。

「ごめん。春菜は可愛いんだよ。可愛いんだけど、一緒にいるうち妹みたいになってきちゃってさあ。ほんと、ごめん」

初めてつき合った大学時代の彼も、そう言って申し訳なさそうに去って行った。

もしも相手が恋人ではない、ただの男友達だったとしても、女性として視界に入っていない現実を突き付けられるのはショックだった。

女友達には「春菜って、ぜ〜ったい妹キャラ狙ってるでしょ？　あざと可愛いの」と、面と向かって言われたこともある。

春菜が食らったダメージは、二十四になる今日まで少しずつ積み上げられてきたのだった。

（そのせいで、余計に羽柴さんとの間に壁を感じてるんだと思う）

藤崎いわく、羽柴はサーベルタイガー。

調べてみるとサーベルタイガーは、遙《はる》か昔、絶滅した肉食獣だった。上顎の発達した犬歯は刀のような牙で、いかにも強そうなところが確かに羽柴のイメージだ。

ファンタジー映画やＳＦ小説に出てくるキャラクターにも似た特別感も、春菜には羽柴そのものだった。

マメシバではどんなに飛び上がっても、サーベルタイガーが雄姿を見せる山頂には届かない。

誰の目にも羽柴と自分は釣り合わない関係に映っている。

彼を秘かに見つめる時間を重ねるにつれ、その思いはいっそう強くなった。告白をしないと決めていた気持ちの裏には、たぶんそんな卑屈で弱虫の自分も隠れていた。

（でも……）

春菜は強く唇を結んだ。頭をもたげてきたマイナスの感情の塊を、油断をすると弱音を吐きそうな喉の向こうへ力いっぱい押し戻した。

「日高さん、カフェの仕事も大変だろう。客にもいろいろな人間がいるからな」

春菜は注がれる眼差しに柔らかく触れられ、ようやく顔を上げた。

「疲れを溜《た》めないように、息抜きはこまめにした方がいい」

「はい」

羽柴はまだ春菜の体調を気にかけてくれている。春菜は膝の上で、重ねた両手をしっかりと握った。

(でも、釣り合わない相手とわかっていても、私はこの人の優しさを独り占めしたい。みんなが気づいていないというなら、誰にも知られないうちに)

彼と出会えた幸せも、今日まで縁を繋げた幸せも、幸運は欲しいと思って手に入るものではない。だからこそ手放しては駄目だ。

今胸にあるこの想いのためならやれることはなんでもしたい、なんでもできる気がすると、またあの熱い高鳴りが身体の奥から込み上げてきた。

「最初にも言ったが、無理なら断ってくれてかまわない。私はどうも他人《ひと》にはあまり良い印象を持たれないようなので」

春菜の胸が小さく震えた。

気のせいだろうか。羽柴の視線がほんの一瞬、右手の傷に向いたように見えた。

「さっき女性と長続きしない理由がわからないと言ったのは、実は正しくない。自覚はあるんだ」

（羽柴さんは知ってるんだ。自分が周りの目にどう映っているのか。陰でなんと囁かれているのか）

いつまでたっても塞がりきらない傷口を押されるように、春菜の胸は疼《うず》いた。

良い悪いに関係なく勝手に自分という人間を決めつけられ、近づいたり離れたり距離を測られるのは淋しい。悲しい。春菜はそうだった。

「私は違います」

自分でもびっくりするぐらいはっきり言い切る声が出た。

羽柴もたぶん驚いている。

「出会った日にも言いましたね。私は……、私はまだ羽柴さんのことを何にも知らないけれど、私を助けてくれたあなたを優しい人だと思っています」

言葉は自然と零れた。

彼も自分と同じ痛みを抱えてきたのかもしれないと知った時、春菜は力になりたいと思った。恋愛マスターとして期待に応える自信はまるでないが、でも、一緒にいる時間をくれるというなら、羽柴自身の気づいていない彼の魅力をどうにかして伝えたい。その気持ちが、最後に春菜の背中を押した。

迷いを振り切り、春菜は三度勇気を奮い起こした。出会いの日に再会を願った時のように、告白する決意を胸に羽柴を店の外まで追いかけた時のように。

「やります、私！」

羽柴の強い眼差しが春菜を見つめている。

春菜の決意を見極めている。

「どれだけ羽柴さんの力になれるのか。大船に乗ったつもりでいてくださいとは言えませんが、頑張ります」

春菜は鞄《かばん》からボールペンと一緒にお守りを取り出した。昨日、羽柴からもらったあのコースターだ。描かれたリナリアの小さな花に目を留めてから裏返す。

「羽柴さんの連絡先は控えました。これは私のです」

彼の携帯番号の下に並べて、自分の番号を書いた。

春菜は大切なお守りを彼の手に託した。


この恋に気づいて。

秘かに自分の想いを重ねて――。

さっきから二人とも無言だった。

地下鉄の駅まで送ってくれるという羽柴の後ろについて、春菜は歩いていた。彼が親友の綾瀬相手でさえ口数が少ないのを知っているので、余計に何を話しかければいいのかわからなかった。

（こんなのでやってけるのかな）

羽柴相手に恋愛の手ほどきをするハードルの高さに、今更ながら春菜が怖《お》じ気《け》づいた時だった。

「日高さん、私の隣にこないか。恋人同士はこんなふうに離れて歩かないだろう」

こちらから話しかけない限り駅まで無言だと思っていた羽柴に突然言われて、春菜は心臓が飛び上がるほどびっくりした。

（レッスンはもうはじまってるんだ？）

「……そうでしたね」

恋愛上級者を懸命に装い、動揺を隠して春菜は答えた。それでも羽柴と肩を並べられずに半歩遅れて歩いていると、今度は手が伸びてきた。なんのためらいも感じられない羽柴の大きな手に、春菜の手は包まれた。春菜は強く引かれて、否応《いやおう》なく彼の恋人の位置に収まった。

（嘘でしょ）

鼓動と体温が天井知らずに昇っていく。

羽柴と手を繋ぐなんて、恋愛検定初級どころじゃない。春菜にとっては一気に十段階はグレードアップした心境だった。

こうして歩いていると、羽柴の腕に自分の腕が時々触れる。

隣をそっと盗み見れば、春菜の肩よりずっと高い位置に彼の肩があった。包み込むように握られた手といい、春菜は出会った日にも感じた彼の大きさに心を震わせた。

駅はもうそろそろだろうか？

外灯だけが頼りのほど良い暗がりは、少しだけ春菜の気持ちを落ち着かせた。秋口の颯々とした風の音だけが、ビルとビルの間を抜けていく。

「まだ深夜というわけでもないのに、ずいぶん静かですね」

春菜は羽柴に連れられるまま、いつも使っている道ではない、初めてのルートを歩いていた。

「裏道だよ。こっちの方が近いんだ」

裏道と呼ぶにはそれなりに幅のある通りだが、飲食店や小売店がないからか、人影はほとんど見当たらない。

駅に着けば二人の手は解かれる。

彼の手は私から離れていく。

だったらもう少しこのままでいたいと、ふいに欲張りな願いが顔を覗かせ春菜が頬を熱くしていると、繋いだ彼の手に力がこもった。羽柴は春菜を建物の陰に引きこんだ。もう一方の手を腰に回して抱き寄せた。

羽柴の流れるような動作は、まさに護衛対象者を守るボディーガードを思わせ、春菜は一瞬ヒロインの気分を味わった。

（え……？）

彼の唇が前髪越しに額に触れた時、春菜は最初、何が起こったのかわからなかった。

「もうすぐ駅だ。恋人同士はこのまま別れたりしないんだろう？」

羽で撫《な》でるようにくすぐったいキスは頬へと滑って、今度は春菜の唇に触れた。軽く重ねられる。

羽柴の唇は夜気を含んで微かに冷たかった。

「これじゃあ子供っぽいかな」

春菜の心臓は今にも止まってしまいそうなのに、羽柴はそんなことを言う。

彼の大きな手のひらが、春菜の目を撫でるように覆った。

自然と瞼《まぶた》がおりる。

一度離れた唇が戻ってきた。さっきとは角度を変え押し当てられたそれは、柔らかく春菜の唇を吸った。羽柴は互いの唇を少しずつ綻ばせるように、ゆっくりと動かした。

羽柴のする大人のキスには、優しいけれど身体の芯に熱いものを掻《か》き立てる力強さがあった。怖くなった春菜は、思わず彼のスーツの背に縋《すが》っていた。

今夜はアルコールをほとんど口にしていないのに、頭のなかがぼんやり霞《かすみ》がかっている。

「日高さん……」

春菜は呼ばれるまで、彼に初めて与えられた悦《よろこ》びのとば口を彷徨《さまよ》っていた。

春菜は心のどこかで思い込んでいた。所詮は偽りの関係だ。本当は自分を何とも思っていない羽柴に触れられても、素直に喜べないだろう。嬉しいどころか苦痛なのではないかと。

現実は違っていた。

大好きな人に女として認められ、求められる快感の方がずっと大きかった。

「合格か？」と彼は聞いた。

「それとも、こういう別れ方は反則？」

羽柴は春菜が経験豊富な女だと本気で思っている。そういう顔をしている。春菜は呼吸を整えながら、まだ自分の腰に回っている彼の腕をゆっくりと解いた。

「……合格……です……」

羽柴は春菜の合否判定を確認してから、再び何の迷いもない様子で手を繋いだ。

彼はこれで初級はクリア、さっさと次の段階に進もうと考えているのかもしれない。一歩一歩ステップを踏んでと彼は言っていたが、

（ちょっと早く進みすぎじゃない?!）

この先、まるでついていける気がしない春菜は、家まで送ろうと言われてお断りしてしまった。「送らなくても今日の合格は変わりませんから、大丈夫です」などと、わけのわからない言い訳をして。

別れ際、次に会う約束をした。

「私の部屋で会おう」

羽柴の残した一言に、今夜、高鳴る一方だった春菜の鼓動がまた大きく跳ねた。

一週間後の夜のこと――。

羽柴から運転手付きの車が迎えに来たのにもびっくりしたが、着いたところが豪邸という言葉がぴったりのまさにお屋敷だったことにも驚いた。

防犯のためだろう。表札の出ていない、四方を高い壁に囲まれたその家の敷地は、周囲の戸建ての三倍近くはありそうだった。

車が付けられたのは、屋敷の裏手に設けられた駐車場だった。聞けば来客用だという。

春菜は羽柴に正面の門扉ではない、駐車場脇にあるもうひとつの、やや小さめな門に付いたチャイムを押すよう言われていた。

待ち構えていたように、返事はすぐにあった。迎えに出てきた羽柴に「ここは綾瀬の家なんだ」と教えられ、春菜はああそうだったと頷いた。羽柴が綾瀬のボディーガードをしていることをすっかり忘れていた。

現在、羽柴は綾瀬が仕事をしている昼間はできる限り行動を共にし、夜も何かあったらすぐに駆けつけられる距離に寝起きしているという。この家には都内の別の場所に移った両親から管理を任された綾瀬が、目下一人暮らしをしている。

「綾瀬は隣の母屋だ。私はこの離れを借りている」

彼に招き入れられ居間に通された春菜の目には、離れとはいえファミリーでも十分住めそうな立派な一軒家に映った。二階建ての母屋との間にはボタンひとつで話ができる回線が引かれており、一階には離れと行き来できる渡り廊下があるという。

「この前、綾瀬を置いて一人で君と会ったのは、イレギュラーなことなんだ。もちろん彼の許可はもらったが、実はあまり褒められたものではない」

春菜は頷いた。

「羽柴さんの部屋で会おうと言ったのも、それでなんですね」

春菜は彼に促され、応接用のソファに座った。革の滑らかな手触りひとつとってもそうだ。全身を包み込むように受け止めてくれる座り心地にも、そのたっぷりとした大きさにも、家具のグレードの高さが窺《うかが》われる。

「ワインにする？　それとも甘い方がいい？　この前、梅酒も好きだと聞いたので買ってあるが」

「じゃあ、梅酒をお願いします」

「そろそろ肌寒くなってきたからお湯割りがいいかな」

「あ、はい。ありがとうございます」

二十畳はありそうな広い居間には、作り付けのバー・カウンターがあった。彼は自分にはウイスキーを用意すると、春菜の梅酒とふたつ、トレイに並べて運んできた。

部屋の照明は落とされている。ソファの足元にボール型の大きなランプが置いてあった。オレンジ色のムーディーな明かりがグラスの氷に映って、きらきらと揺らめいていた。

（わ……）

春菜は息をつめた。てっきりテーブルを挟んだ向かいに座ると思っていた羽柴が、隣に腰を下ろしたからだ。たちまちキスされた時の記憶が蘇《よみがえ》って、胸が苦しくなった。

「これからも、私が一人になれるこの時間にしか会えない。君をあまり遅くまで引き留められないから、一緒にいられるのはせいぜい二、三時間だ」

春菜が見上げた壁の時計は、もうすぐ十時を指す。

ゆっくりと更けていく夜の静寂に、春菜の好きな低く深みのある彼の声が響く。

「車で送り迎えをするのは時間が惜しいからだ。夜間の移動なので、君の身の安全のためでもある」

「嬉しいです。いろいろ気遣ってもらえるのは……」

異性を自分の部屋に招くのは、それなりに大きなイベントのはずだ。だが、静かな口調で事情を説明する羽柴に、そんなこだわりはきっとない。それでも春菜の胸のドキドキは止まらなかった。

（だって、なんだかシンデレラになったみたいなんだもの）

運転手付きの車はかぼちゃの馬車だ。彼の部屋も、春菜にとってはお城と同じぐらい特別に心躍る場所だった。限られた時間が過ぎれば魔法は解け、恋人気分はその甘い香りだけを残して夢のように消える。

春菜は羽柴がグラスに口をつけたのを見て、自分もひと口飲んだ。今夜はひと際甘く感じるアルコールが、身体の隅々にまであっと言う間に染みていく。

春菜はそっと部屋のなかを見回した。

(私物っぽいものがほとんどないなあ)

寝に帰るだけの毎日なのだろうか。生活感があまりない。

(あ、そうか。ここは綾瀬さんをガードするための仮の住まいだった。シンプルなのは当たり前か。けど、ワーカーホリックなのは当たってる気がする)

彼のプライベートな一面に、ほんの少しでも触れられたのが嬉しかった。

羽柴はまだスーツを着ていたが、ネクタイは外している。

(いつもの張りつめた感じが薄らいで、ちょっとだけ隙のある羽柴さんも素敵だな)

今まで知らなかった新しい彼を発見するのも嬉しかった。

シンデレラの時間は、魔法が見せてくれる夢。

切ないけれど、胸は高鳴る。

春菜は嬉しくて楽しくて、彼についてもっとたくさん知りたくなる。

「日高さんのことが知りたい」

思いもよらない言葉が彼の口から飛び出し、春菜の目が大きくなった。

手にしたグラスに留まっていた彼の視線が、ゆっくりと春菜に向いた。

「交際が始まれば、まずは食事に行ったり映画を観《み》たりするのがセオリーだろう。ただ、さっきも話した通り私たちにはそれができない。かわりにこの部屋で君の話を聞きたい」

「私の話を……」

もしもできることなら羽柴にも、自分がどんな人間か知ってほしいと思っていた。でも、いざ彼の方から求められると、何から話せばいいのか。彼に聞かせたいことも聞いてもらいたいことも思い浮かばなかった。

「どこにも行けないからしかたなく、じゃない。むしろ幸運だと思っている。互いに向き合って話に集中した方が、より早く二人の距離が縮まるんじゃないか？」

（彼も私のことが知りたいって、本当？）

「どう？　こういう考え方は合格？」

「え？　あ……」

「それとも身勝手な提案か？　つまらない？」

「つまらないなんて、ないです！」

つい勢い込んで身を乗り出し気味に答えてしまい、春菜の頬が熱くなる。

「ご……うかくです」

「そうか……」

顔の上げられなくなった春菜には、羽柴がどういう表情《かお》をしているのかわからない。

視界の端で、隣の彼が自分の方へと少しだけ身体を寄せた気がした。


「日高さんがカフェの仕事を選んだのはどうして？」

平凡な人生を送っている自分に進んで話したいことなど何もないと思っていたのに。羽柴のその一言が、最初の言葉を探して迷っていた春菜の口を開かせた。

「母の姉が小さなお店をやってたんです。紅茶と手作りケーキのお店です。ランチの時にだけ出す自家製カレーも人気でした。高校生の時、最初は頼まれてバイトに入りました。でも働いているうちにすっかり楽しくなっちゃって、大学生になって将来を意識しはじめた頃には、私もカフェをやりたいなって考えるようになりました」

羽柴は黙っているが、隣にいてくれるだけで不思議と心が落ち着いた。何を話したとしても拒まれない、受け止めてもらえるだろう安心感があった。

「甘かったんですよね、私」

今まで何度も心のなかで噛みしめてきた苦い思いを、春菜は初めて口にした。自分自身を責め、悔いる言葉だ。

「還暦を迎えてからの伯母は、ここ何年か体調の優れない伯父の看病もあって引退を考えてたんです。今思えば冗談で口にしたんでしょうね。ある時、春菜ちゃん、私に何かあったらあとをよろしくねと言われて、いいよと張り切って答えてました」

その後、伯母は仕事を辞めた。店を居抜きで買い取ったのは常連客の一人だった。今は居酒屋の看板を掲げ、そこそこ繁盛している。

「ちょうど就活のスタートを控えた時期で、私はようやく目が覚めました。自分が思い描いていた将来は、伯母に店を譲ってもらう前提で見ていた夢なんだって。甘かったんです。私、甘えてたんです」

自力で店を持つなど無理だ。春菜はカフェをあきらめた。

「食品業界に絞って活動したのは、せめてカフェと何かの繋がりのあるところで仕事をしたかったからです。と言っても、食べ物を扱っているところが同じというだけですが。幸い就職先は決まったんですけど、私の心はずっともやもやしていました。自分に嘘をついている気持ちが拭えなかったし、内定を出してくれた会社にも誠実に向き合っていない気がして」

リナリアに出会ったのはその頃だった。

『ゆっくり考えごとをするのにふさわしい場所ですよ、ここは。そっと一人にしておいてくれるけれど、ひとりぼっちじゃない気持ちにもさせてくれますからね。何も心配はいりません。この店でならどんなに迷ったって悩んだって大丈夫です』

ある時、そう声をかけてくれたマスターの笑顔に、深いところまで沈んでいた春菜の心は掬《すく》い上げられたのだ。

春菜は自分がこの先本当はどうしたいのか。それまで心の奥底に押し込めてきた本音を、時間をかけて引きずりだした。

「あきらめていた夢をもう一度見ることに決めました」

すべてを羽柴に打ち明けてみて、春菜はわかった。私は自分なりに迷い悩んできたことを誰かに吐き出したかったんだ、と。

「甘いな」

突然言われて、春菜は身を固くした。春菜の目をもう一度覚まさせようとでもするような、ピシリと厳しい声だった。

羽柴も呆《あき》れているのだろう。そう思うと春菜は恥ずかしさに肩を竦《すく》めた。だが、続けて向けられたのは、意外な言葉だった。

「もう夢という言葉を使うな」

「え……？」

「決まっていた内定を蹴って、理想とする店で働きはじめたんだ。君は自らの意志で道を選んで一歩を踏み出した。ならばもう道の終わりにあるのは夢ではなく目標だ」

「目標……」

羽柴は春菜を真っ直ぐに見つめている。春菜の話をただの昔話と聞き流さず、真剣に耳を傾けている眼差しだった。

「自信がないのか？」

「……はい」

「不安しかない？」

素直に春菜は頷いた。ごまかしても彼には見抜かれてしまうに違いない。

「今やれることをひとつひとつ行動に移せばいい。全力で取り組んでいれば、不安なんて気にしている暇はなくなる」

「はい」

「リナリアのマスターからは学ぶべきことがたくさんあるだろう」

「それは心がけています」

「だったら、彼には君の目標をはっきり伝えておいた方がいい。将来、必ず自分の店を持つ宣言をして、知りたいことは何でも質問する。彼もそのつもりで応えてくれるだろう」

「そうします。マスターには明日話します」

「カフェスクールに通う手もあるぞ。即戦力になる知識や技術を習得できる。週末や夜間のコースもあるし、リモートで授業を行っている学校もあるはずだ」

「はい。考えてみます」

「経営のノウハウを学びたいなら、起業家セミナーを勧める」

まるで手品にかかったようだった。春菜にとってカフェの開業は、羽柴が話を聞いてくれるまで分不相応な未来だった。誰かに話すのを気恥ずかしくてためらってしまう、自分には大きすぎるまさに夢としか呼びようのないものだったのに、今はもうそうではなくなっていた。

「店を持つ前にキッチンカーからはじめるのはどうだ？」

「キッチンカー！　素敵ですね」

「商売の腕も磨けるし、資金も稼げる」

（羽柴さん、怖い顔してる）

もしここに誰かがいたら、彼が春菜を無慈悲な指導でパワハラしているように見えるかもしれない。春菜のことを親身になって考えてくれているから、いつも以上に怖さが増しているだけなのに。

春菜は思う。

羽柴は誠実で真摯な人だ。そして、他人の抱えた問題を我がことのように受け止められる彼は、器の大きな人だ。ボディーガードをしている羽柴は強くてたくましい肉体の持ち主だが、その大きさにふさわしい心を持っているのだと思う。

（だから、一緒にいると安心するんだ）

春菜はどんどん惹《ひ》かれていく。彼に心を奪われれば奪われるほど、今まで知らなかった自分に変わっていくようだった。

「あ、すみません」

(近い近い近い！)

春菜は話に夢中になるあまり、気がつけば彼とほとんどくっつかんばかりにしてしゃべっていた。鼻先をふわりと、甘く爽やかな匂いが掠《かす》めた。羽柴は二人きりで初めて会った夜にはつけていなかった香りを纏《まと》っている。春菜はわけもなく胸が騒いだ。

「ごめんなさい。アドバイスを頼まれたのは私の方なのに、あなたにたくさんの助言をもらってしまって」

春菜はじりっと彼から離れた。

「あの……、私に何かお話しできることや、してあげられることはありませんか？」

「ある」

返事とともに、春菜は腕を取られて抱き寄せられた。

あの夜もそうだった。彼の動きは流れるようにスマートで、春菜は拒むどころか戸惑う暇もなかった。

大きな彼にすっぽりと包み込まれて、

(羽柴さん……)

春菜はうっとりと両の瞼を閉じていた。こうしてじっとしていると、出会ったその日に春菜を虜《とりこ》にした、あの優しく守られている感覚が、ゆるりと指の先まで沁みていく。

「こういう時、男はどう出ればいい？」

彼がしゃべるとおでこがくすぐったかった。彼の唇がそっと口づける柔らかさで春菜に触れている。

「女性の方から誘ってくる時は応えてもいいのか？」

（？　女性から誘って？　え？　――えっ？）

春菜の目がパチッと開いた。

「私、誘ってなんか……」

「ない？　そうかな」

腰に回っていた羽柴の手が解かれた。彼は春菜の羽織っていた白のラップカーディガンを肩からするりと落としてしまった。

「こんなに魅力的な服を着てきたのに？」

「……っ」

春菜は俯いた。頬が熱くなる。

去年、思い切って買った淡い桜色のワンピースは、春菜にとってはかなり冒険したデザインだった。襟ぐりが大胆なV字カットで、肩に向かって大きく開かれている。膝が見えるスカート丈も、最後に着たのは高校生の頃だ。

「リナリアのきちんとした制服姿を知っているせいか、余計に普段の君とは違って見えるな」

いったい彼の目に自分はどう映っているのだろう？

羽柴に抱きしめられる幸福感に苦いものが混じって、春菜の胸は疼いた。

少しでも綺麗《きれい》になりたい。魅力的な女になりたい。そう思って勇気を出して買ったワンピースだった。でも、背伸びをしていると感じていた。

「大人っぽさとは縁遠い私には似合わないかもって、散々迷って買ったんです、これ」

その気持ちを引きずり続けている証拠に、家を出る時、それまで着ていくつもりのなかったカーディガンについ手が伸びてしまった。ワンピースを着た自分を彼に見てもらいたいのに、その目に映るのは恥ずかしくて……。揺れる気持ちが春菜を臆病にさせた。

「日高さん……」

彼がさっきまで指で触れていた肩口にキスをした。

春菜は息をつめる。

キスは春菜の肩の丸みをなぞるように撫でている。

「……あ」

自分でも聞いたことのない声が上がって、春菜の頬にあった熱が一瞬で耳朶やうなじに散った。

彼が触れたところから湧き起こる甘くほのかな快感は、春菜が初めて味わうものだった。

「今夜の君を見れば、大抵の男はもしかしたらと期待する」

あの、いつも厳しく引き結ばれた唇から零れたとは思えないほど艶《つや》めいて、優しさが尾を引く声だった。

「ん……ん」

春菜の洩らす吐息に誘われたかのように、彼のキスは微かに上下する喉まできて留まった。自然と上向いてしまった春菜の頭を、羽柴の大きな手が支えてくれる。

（……羽柴さん……）

このまますべてを彼に委ねてしまいたい！

一瞬、身体を駆け抜けた強い思いに、春菜は驚く。

（私は本当に、本気でこの人を好きになってしまった。レッスンでもいい、身も心も委ねたいと焦がれるぐらいに）

「……ん」

春菜の肌を柔らかく食《は》む唇が、鎖骨のあたりを彷徨っている。時折、舌の濡れた感触がして、春菜の背中を正体の知れない熱いものが這《は》い上がってきた。

「日高さん……」

「あ……ん……」

彼は大きく開いた襟から覗く胸もとを、熱心にキスで埋めていく。

春菜は背伸びして着てきたワンピースに、今も気後れしていた。だが、この服を着た自分に羽柴が触れたいと思ってくれたのなら、素直に嬉しかった。

お酒はあまり強くない。梅酒一杯でも十分に酔えた。けれど今、春菜の全身を余すところなく熱くしているのは、アルコールの力ではなかった。羽柴の力だ。自分に触れている彼の手や唇のせいだった。

羽柴の身体に腕を回していいのか、春菜は迷う。それこそ彼に誘っていると思われるかもしれない。

「私……」

(私はどうしたいの？)

彼のキスの心地良さにふわふわ酔っている自分の心を、春菜は自分で捉えられない。

「あ……羽柴さ……ん」

春菜がとうとう声に出して彼の名を呼んでしまった時だ。上半身が軽くなったかと思うと、春菜はソファの上に寝かされていた。押し倒したというには優しすぎる腕だった。

彼の手が春菜の片頰をくるんだ。

「私が怖い？」

ずっと固く閉じていた瞼を春菜は開いた。

春菜にはわかる。彼は真剣に聞いているのだ。春菜の答えを知りたがっている。だったら自分もそうしてもらったように、彼の心と正面から向き合わなければ。

「怖い？」

春菜は大きく首を横に振った。

「そうだな。君は出会った最初から私を恐がっていなかった」

春菜は頷いた。

「恐いと思う相手は、私の顔色や機嫌を窺う目になる。どういう人間か見極めるまでは距離を取ろうとする。そのくせ媚《こ》びへつらう顔をやたらと見せるんだ。こっちはどう接すればいいのかわからなくなる」

もしかしたら、子供の頃からそういう経験を重ねてきたのかもしれない。ボディーガードなどという職業に就いている羽柴は、当然、運動神経も人一倍優れているはずだ。学業成績も優秀だったのだろう。

人は言うかもしれない。恐がられようが、ルックスが良いうえ勉強もスポーツもできるのになんの不満があるんだ。悩むなんて贅沢だ。

――そうだろうか？

（一人だけ別の世界の人間みたいに扱われたら、遠巻きにされたら誰だって傷つく。独りでいることに慣れてしまって、他人を受け入れるのに臆病になる）

『俺はね。羽柴と並んで肩の組める貴重な友達なんだよ』

いつだったか綾瀬が話してくれたが、あの言葉には言葉以上の深い意味がこめられていたに違いない。

（あなたはきっと人に傷つく心のあることを身をもって知っているから、優しくなれるんです）

「怖くないです」

羽柴の視線は、答える春菜の口元に向いている。

「怖いけど、怖くない」

春菜の言葉に惹かれるように、羽柴の唇が近づいた。

あと少し、その一センチにも満たない距離を埋めたのは、羽柴ではなく春菜だった。

わずかに頭を浮かせると、自ら彼に唇を寄せ、重ねていた。

羽柴が驚いているのが伝わる。でもそれはほんの一瞬で、彼はすぐに応えてくれた。今度は彼からより深く唇を重ねてきた。

口のなかが不思議な甘さでいっぱいになる。

唇の薄い皮膚越しに感じる彼は熱かった。

「……は……ぁ」

唇は時折離れては、角度を変えてまた重なった。

堪《たま》らずに溢《あふ》れ零れる息は彼のものか、自分のものか。

唇を重ねたところから溶けてしまいそうに気持ちがよかった。

「日高さん……」

キスしている時に名前を呼ばれるのはこんなにも嬉しく、胸が高鳴るものとは春菜は知らなかった。

「可愛い」

耳に届いた呟きは、そんなふうに囁かれたい春菜の願望が聞かせた幻だろうか。まだ笑顔を見せたことのない彼が、微笑みながら口にしたような響きがあった。

（なんだろう、この気持ち？　彼が可愛い？　……ううん、愛《いと》おしい？）

春菜の両手は、いつの間にか羽柴の頭を守るように抱いていた。

春菜は彼が長い時間傷ついてきたと知って、キスしたいと思った。できるなら、傷の残る右手にもキスしたかった。

（信じられない）

羽柴を強く想う気持ちから生まれた自分は、なんて怖いもの知らずなんだろうか。天上で輝く星のごとく手が届かないと思っていた彼を相手に、こんな大胆なことができるのだ。

長いキスが終わると、羽柴は春菜の瞳を覗き込んだ。

「キスは日高さんの方からだった」

「……」

「それでも誘ってないと？」

「い……今のはあなたを恐がってない証拠です」

羽柴の目がふと大きくなった。春菜は赤くなっているのが自分でもわかるぐらい顔中が熱かった。

「だったら私も証明しようか？」

ほんの一瞬、ためらうような間を置き、羽柴が囁くように言った。

彼の言葉の意味がわからず戸惑う春菜の胸もとに、再びキスが落ちてきた。襟ぐりと肌の境をゆっくりと唇が埋めていく。たちまち体温があがった。

彼の手が……。

春菜は固く瞼を閉じた。

彼の手が胸の膨らみを包んでいる。

「似合ってる」

(え……？)

「今夜の服は日高さんによく似合っている」

彼の息が春菜の耳をくすぐる。

「似合って見えるのは、この服を美しく着こなせるだけの魅力が君の身体にあるということだろう？」

乳房の膨らみを撫でた手が、脇腹から腰のラインをゆるりと滑り落ちていく。そうやって繰り返し愛撫《あいぶ》することで、ワンピース越しに春菜の身体を愛《め》でているようだった。

「……ん」

「色も似合ってる、とても」

「羽……柴さん……」

彼の手が動くのに合わせ、甘やかなくすぐったさが春菜の肩を震わせる。

「どこが子供っぽいって？　そう言う男がいるとしたら、そいつの目は節穴だな」

春菜がつい吐露してしまった悩みを、羽柴はちゃんと受け止めてくれていた。

彼は春菜の傷を癒《いや》そうと、何度も抱きしめ優しく触れてくれる。そうすることで、彼が春菜を大人の女性として見ていることを証明している。

（あ……）

春菜は彼の胸と腕とが作る空間にすっぽりと包まれた。

（……気持ちいい……）

彼の大きさにくるまれる喜びに、肉体の悦びが少しずつ混じりはじめている。

「は……ぁ」

春菜は熱い息を吐いた。

羽柴は半ば顔を埋めるようにして、春菜の胸に口づけていた。春菜の大きく弾む鼓動まで、彼に聞かれてしまいそうだ。

いったい彼はどんな表情をしているのだろう。やはりあの怖いぐらいに冷静な顔なのか。それとも、ほんのわずかでも自分への感情が浮かんでいるのか。

もし浮かんでいるとしたら、そこには彼のどんな心が映っているのか。春菜にはわからない。わからないけれど、なぜか春菜はまた、彼の口元に淡く浮かんだ笑みを想像していた。

「君はここも――」と、羽柴の高い鼻梁《びりょう》が春菜の乳房を柔らかく押した。

「今夜、触れた君の身体のすべてが私にはとても魅力的だ」

彼がしゃべると、両の乳房が火がついたように熱くなった。

「……嬉しい……です」

嬉しい気持ちが悦びを連れてきた。

(どうしよう。すごく……気持ちいい)

とくんとくんと血管ごと鼓動が打っている。

心も身体も彼の方を向いている。

このまますべてを彼に委ねたい、主導権を奪われたいと焦がれた時だ。春菜の先をねだる吐息と、彼の深いため息が重なった。

「すまない。危うく合格ラインを踏み外すところだった」

(え？　合格？　なに？)

羽柴はもう一度、深呼吸めいた息を吐き出すと、身体を起こした。つられて春菜も起き上がる。

「日高さんが誘ってないならこれ以上は駄目だろう？」

春菜は返事につまった。

「それとも、このまま暴走するのが正解か？」

（そんな……）

羽柴は春菜の答えを、いや、指示を待っている。からかっているわけでもふざけているわけでもない。彼は真面目にアドバイスを求めているのだ。

綾瀬にもっと遊べ！　とはっぱをかけられていた彼は、たとえば大人の余裕であえてその場の雰囲気に流されたり、欲望優先で強引に押し切ったりする男ではないのだ、きっと。

彼に委ねたかった主導権は、今は春菜の手にあった。

「私はどうすれば？」

「えぇ……と……」

「日高さんがどうしたいか教えてくれればいい」

真っ直ぐ目を見て改まって聞かれると、まさか暴走してほしいとは言えない。

「じゃあ……、今夜はここまでで」

「わかった。合格はもらえる？」

「え？　あ……そうですね。大丈夫です。失格ではないです」

「初級はクリアか？」

「……たぶん」

（私ったらなに言ってるんだろう！）

彼の真剣さに圧されて、春菜もつい合格だの初級だの、心にもない単語を使ってしまった！

（もしかして？）

春菜はあることに思い当たってドキリとした。

（もしかしたら、これからも私の方から誘ったりＯＫを出したりしないと先には進まないってこと？）

すると、心の声が答える。

（いいじゃない、進めなくても。レッスンの目標は、私を知ってもらって告白することなんだもの）

別の囁き声が、前の声を打ち消す。

（チャンスだよ。大人同士なら、身体からはじまる恋もあるんだもの）

またもや春菜は、彼と出会う前の自分なら思いつきもしなかった大胆なことを考えていた。

「来た時と同じ車を外に待たせてある。次も迎えに行かせるから」

帰り際、羽柴に時間ができた時にまた会う約束をした。幸い春菜のシンデレラ・ナイトは、一夜限りの夢で終わらないようだ。

「そうだ」

玄関を出たところで、羽柴は春菜の腰に手を回した。引き寄せる腕に、今までにない強引さがあった。春菜は嫌ではなかった。彼の隣にいることを許されたようで、むしろ嬉しかった。

「おやすみの挨拶を忘れていた」

長いキスがはじまった。口のなかが甘く蕩《とろ》けていくあの幸せが、春菜をまた身体ごと熱くする。ともすると遠のきそうな意識の片隅で、春菜はふと思った。

(羽柴さんはどんな気持ちで聞いたんだろう)

「このまま暴走するのが正解か？」

羽柴が聞いたあの時、彼には暴走したい衝動があったのだろうか？

(もしもそうなら、嬉しい)

春菜の正直な気持ちだ。

(相変わらずの美しすぎる鉄仮面なので、表情からは何も読めなかったけど)

春菜は門を出ようとして、羽柴を振り返った。

「ボディーガードの仕事って危険がついて回るんですよね」

ずっと前から羽柴に聞いてほしいことがひとつだけあったのを思い出した。今夜、彼との距離が近づいたことで、伝えたい気持ちはさらに大きく膨らんでいた。

「綾瀬さんが羽柴さんのこと、最終兵器なみに強いって自慢してました」

「綾瀬はいつも大げさなんだ」

「剣道とか合気道とかいろんな武道の段持ちで、なにが襲って来ても負ける気がしないって。だけど、どんなに強くても絶対ということはないでしょう。負ける時もあれば、怪我をすることだってある」

春菜は話しているうちつい気持ちがこもり過ぎてしまい、羽柴の上着の裾を子供みたいに強く握って引いていた。

「大事にしてくださいね。ガードする相手も大切ですけど、自分の身体も大切にしてください。約束です」

「ごめんなさい」

春菜は慌てて上着から手を放した。

「いや……」

（えっ？）

春菜は目を見張った。

（今、微笑《わら》った？）

「ありがとう。そんなふうに心配されたのは、両親以外では日高さんが初めてだな。なぜか周りには無敵無双と思われているので」

（今、微笑ったよね？）

束《つか》の間《ま》、唇に薄く刷かれた微笑みは夜のなかに溶けるように消えてしまったけれど、春菜の瞳には残った。羽柴は確かに微笑ってくれた。

今夜、彼が自分の見えないところで微笑んでいると感じた瞬間が何度もあった。もしかしたらあれも気のせいではなかったかもしれない。
(ごめんなさい。私は欲張りになりました)
春菜は羽柴の優しさも微笑みも、ふたつとも独り占めしたくなっていた。
何もかも見透かしてしまいそうな羽柴の視線が眩しくて、春菜は目を伏せた。

第三章　レッスンは甘く切なく

その夜――マンションの前で迎えの車を待っていた春菜は、運転席に意外な顔を見つけて驚いた。

「どうして綾瀬さんが？」

綾瀬は窓を開け、助手席に乗るよう春菜を促した。

「今夜だけ、運転手の彼にこっそり頼んで替わってもらったんだ。羽柴には内緒ね」

綾瀬は後部座席から膝掛けを取ると、隣に座った春菜に手渡した。広げると良い香りがふわりと鼻先をくすぐった。

「私物でよければ使って。カレンダーが十月に入ったら朝晩急に冷えるようになったでしょう。足元から温かくすると風邪もよりつかないよ」

肌触りの良いセージグリーンの膝掛けは、春菜のためにわざわざ用意してくれたのだろう。日頃から女性との接し方がスマートな彼らしい気配りだった。

「それにその可愛い膝小僧を愛でるのは、あいつの特権でしょ」

春菜のスカートにチラリと目をやった彼は、羽柴と春菜がプライベートで会う関係に進んだのを知っている。レッスン前提のつき合いなのは聞いていないようだったが。

春菜がシートベルトを締めるのを待って、車は乗り心地を気遣う滑らかさで走り出した。

「どう？　うまくいってる？」

「ええ……、楽しいです」

(時々、胸がつまって苦しくもなるけれど)

今夜の春菜は羽柴の顔を見る前なのにもう、ドキドキしていた。大きなプロジェクトがスタートしたとかで、このところ超多忙だった彼とはほぼ二週間ぶりに会えるのだ。

(私たち、うまくいってるのかな？)

レッスンがスタートしてからのあれやこれやを思い返すと、春菜の鼓動はまた速くなった。

シンデレラになった最初の夜、羽柴は春菜の着ていたワンピースを褒めてくれた。よく似合う、大人の魅力を感じると言ってくれた。

あれから会えば必ず同様の言葉をかけてくれる彼のおかげで、春菜の容姿コンプレックスがどれだけ和らいだことだろう。膝上丈のスカートも、穿《は》くのに半日も躊躇《ためら》ったり、穿いてから後悔することもなくなった。

なんということはない世間話にはじまり自分のことや羽柴のことや、しゃべるのは春菜が中心だったが、言葉数が少ないながらも彼がきちんと応じてくれるのも嬉しかった。寡黙な印象に気後れし、開いていた彼との距離がずいぶん近くなった。

（恋人らしいこともしてるけど……）

あれは……そう、二人並んで映画を見ていた時だった。主人公カップルも同じようにお家デートで映画を見ているシーンが出てきた。ヒーローはヒロインを自分の足の間に置いて、背中から抱くような格好で座っていた。

「こういうのって照れちゃって、上級者レベルじゃないとできないですよね」

春菜がうっかり発言したのがきっかけで、映画どころではなくなってしまった。羽柴が「だったら私も練習したい」と言い出したからだ。

それからエンドロールを迎えるまでの一時間あまり、春菜は彼の腕のなかでじっと息を潜めて映画の台詞《せりふ》ではない、自分の胸の鼓動を聞いていた。

羽柴は会うたびキスもしてくれる。

一度、唇を合わせている最中あまりに強く抱きしめられて、春菜はつい苦しいと洩らしてしまった。彼は驚いてすぐに身体を離した。

「夢中になりすぎて力の加減がわからなくなった。次に失敗しそうになった時は、遠慮なく指摘してほしい」

そう頼んだ彼が、しばしば力の入り具合を気にかけている様子を見て——まるで子猫や小犬をどう扱えばいいのか、困っているみたいだった——なんだか春菜は可愛いと思ってしまった。

「女性はみんな好きですよ。恋人にぎゅっとされるのは」

春菜は言った。困っている羽柴をフォローするつもりだった。

「強く抱きしめられるといろんなものから守られている気持ちになって、ほっとするのもあるんだと思います」

「日高さんも？」

「私は……。私は余計にそうかもしれません。小柄だからかな。抱きしめられると、その分、男の人を大きく感じるんです。気持ちいいぐらいの安心感があります」

春菜が問われるまま正直に答えたのがきっかけで、別れ際、羽柴が春菜をぎゅっとするハグタイムがスタートした。


春菜は幸せだった。幸せすぎて自分がレッスン彼女だということを忘れそうになる。だが、もちろん一瞬だって現実から目を背けたことはなかった。

それでもよかったのだ。羽柴に対してどんどん欲張りになっている春菜には、レッスンという名の舞台の上で恋人ごっこを続けたい気持ちの方がはるかに勝っていた。

(恋人になる望みも、まだ捨ててないもの)

針で突いた穴を通して見る未来ぐらい、ささやかな希望だけれど。

春菜は羽柴といて心のままに素直でいることが、今の自分を知ってもらう一番の近道だと考えるようになっていた。羽柴を騙《だま》したり彼に嘘をついたりは、最初はうまくいってもいずれ酷いばれ方をする気がした。

「うん。楽しそうだね。そういう顔してる」

綾瀬の安堵《あんど》した声に、春菜は心のなかで首を振る。

(楽しいです。楽しいけど……、やっぱりうまくいってるとはいえません)

なぜなら、二人の関係はずっと同じ踊り場に留まったままだからだ。

原因は明らかだった。春菜がGOサインを出せないせいだ。次の段階に進みましょうと羽柴の手を引かないから。わかっていてもハードルが高くて、なかなか行動に移せなかった。

(弱気は駄目だ)

春菜は自分で自分を励ました。

(今夜は久しぶりに会えるんだもの。どんなチャンスが巡ってくるかわからない)

「羽柴の方はどんな顔してあなたといるんだろう。護衛にかこつけ、一度こっそり覗きに行こうかな」

綾瀬は本気でそうしたい口ぶりだった。

「私、羽柴さんと会う時はいつも、今日は笑顔を見られるかな、見たいなあって思ってて」

「笑顔ね、笑顔。あいつのそれって、オンラインゲームのガチャでレアアイテム当てるみたいなもんでしょ」

綾瀬は笑って少しスピードを上げた。春菜と話している間も通行人や道路の状況に油断なく目配りする様子が、ハリウッド映画に出てくるエージェントキャラを思わせた。

「長いこと友達をやってる俺も、数えるほどしかお目にかかってないかも。日高さんは？」

「たぶん三回ぐらいかな？　ほんの一瞬でしたけど」

「三回も！　出会って半年も経ってないのにすごいなあ。負けた！　俺より仲良しだ」

綾瀬は「本当に安心したよ」と言った。

「リナリアでのあなたを見ていて問題のある人じゃないのはわかってたけど、一度、羽柴のいないところで話してみたかったんだ。どんな女性か自分の目で確かめたかった」

「もしかして、運転を替わってもらったのはそれが理由ですか？」

「うん。——そうかあ。あいつが笑顔を見せたのか。つまりそれだけ日高さんを信頼してるってことだよね。二人きりになった時に気を緩めて寛《くつろ》げる相手でなければ、羽柴も君を近づけるはずないもんな」

「そんなに心配するなんて、なんだか綾瀬さんも羽柴さんをガードしてるみたいですね。お互いがお互いのボディーガードみたい」

「さすが春菜ちゃん、鋭いなあ」

春菜のマンションから羽柴が仮住まいしている綾瀬の邸宅までは、車で約三十分。覚えのある町並みが窓の外を流れはじめた。あと五、六分も走れば着くだろう。

綾瀬と二人だけで話をする機会はもうないかもしれない。春菜は羽柴本人には聞けない質問をしてみようと思った。

「綾瀬さんがボディーガードを頼む原因になった嫌がらせって、今も続いてるんですか？」

春菜も綾瀬が心配だし、彼を護る羽柴の身もとても心配なので知りたかった。ただ、羽柴にとってはクライアントの個人情報に関わることだ。春菜が聞いても答えづらいだろう。

「無言電話とか不審な郵便物とか、いろいろだよ。ガラの悪い連中にからまれたこともあった。単なるアクシデントで運が悪かっただけなのか、誰かが裏にいて仕向けたのかは残念ながらわからない。やつら、逃げ足だけは早かったんでね」

「大丈夫なんですか？」

「大丈夫。羽柴がいてくれるし、俺自身も十分気をつけてる。それにね。俺は中学の頃からずっと羽柴と一緒に鍛えたんだ。武道でもボクシングでも競い合った。護身のためのスキルはそこそこ身につけてるつもりだ」

綾瀬は「俺のことより日高さんも気をつけてね」と言った。

「このあたりは高級住宅街で治安はいいんだけど、それを逆手にとって悪いことを企てる人間もいるらしいから」

綾瀬の話では、彼の家の建つ一角は駅や繁華街とは離れているため、夕方以降人通りがパタリと途絶える。そこを狙った拉致《らち》未遂事件が過去にあったそうだ。

「羽柴があなたを車で送り迎えしている理由のひとつだね」

「あの……。羽柴さんの負担になってないでしょうか？」

「うん？」

「綾瀬さんも知ってますよね。いつもの運転手さんは、羽柴さんが個人的に雇ってるって言ってました。タクシーを使う方がまだ安上がりだと思うんですが」

ずっと気になっていたのだが、お金のことも直接本人には聞きにくい。会社を経営している綾瀬なら専属の運転手がいておかしくないかもしれないが、羽柴はどうなのだろう。ボディーガードってそんなに稼ぎがいいのかな、などと春菜は下世話な心配までしてしまった。

綾瀬は「大丈夫だよ」と笑った。

「前にも言ったよね。もし負担になっているとしても、羽柴にとってあなたはそうまでして守りたい特別な女性なんじゃない？」

だったら嬉しいんですがと、と春菜は心のなかで苦笑する。

(相手が私じゃなくても彼はきっとそうする)

羽柴が自分を守ろうとしてくれるのは、ボディーガードの性《さが》だと思った。

車が止まった。

ヘッドライトが綾瀬が忠告した通りの、人気の絶えた広い道を照らしている。

「もうひとつだけ、どうしても綾瀬さんに教えてほしいことがあるんです。羽柴さんの手の傷についてです」

傷を負った理由を春菜は知りたかったが、羽柴を前にすると、どうしても言葉が出てこなかった。羽柴とは少年の頃からの長いつき合いだという綾瀬。綾瀬自身が言っていたように、彼は羽柴の一番の友人であり、もっとも信頼されている人間なのだろう。彼なら傷を負った経緯を知っているに違いない。

綾瀬はハンドルから手を離すと、春菜に向けていた視線を正面に戻した。

「あなたになら話してもいいかな。あれは、俺たちが高校二年の時だよ。同級生の女の子を庇《かば》って怪我をしたんだ」

その女子生徒は羽柴と綾瀬と同じ塾に通っていた。そこで、講師の男に偏執的な好意を抱かれたのが原因だった。大学で化学を専攻する院生だったそうだ。

「彼女がそいつに襲われそうになったのを、羽柴が助けたんだよ。最悪だったのは、その男が劇薬のたぐいを隠し持っていたこと」

羽柴と彼女は男から逃げる時、薬品を浴びせられてしまった。

「彼女は首や耳のあたりに傷が残ったが、その後、何度か手術をしてほとんど目立たなくなった。でも羽柴の方は、責任を感じて自分の傷はケアせず残したままだ」

「どうして羽柴さんが？」

「ストーカー化したそいつを恐がって抵抗できなくなってしまった彼女の代わりに、羽柴が激しく責めたからだよ。羽柴の言葉に逆上したのが、相手が暴挙に出るきっかけになった。それをあいつは自分の罪として受け止めているんだろう」

何もない宙にじっと目を凝らしている綾瀬は、当時を思い出しているようだ。

「あいつはすごいやつだよ」

その言葉には、心の奥底にあったものが押し出されたような重みがあった。

「変態講師の攻撃目標は女の子だった。羽柴はとっさに自分の身を盾にして彼女を庇ったんだ。羽柴は立派だ」

綾瀬は何でも大げさだと羽柴は言う。確かにそうかもしれない。だが、春菜の目に綾瀬の羽柴を讃《たた》える気持ちに嘘はないと映っていた。

ただ、今夜の綾瀬はいつもとどこか違って見えた。彼の口元は綻んでいたが、春菜の知る、周りの誰をも楽しい気分にさせてくれるあの笑みではなかった。何か苦いものでも呑み込んだような、微かな陰りが感じられた。

「残念だけど、俺とのデートはおしまい。帰りの運転はいつもの人に頼むから」

「いろいろありがとうございました」

春菜は膝掛けを畳んで返した。

車を降りようとすると、呼び止められた。

「羽柴が傷跡をあのままにしている理由ね。もうひとつある気がするんだけど、俺の考えを聞きたい？」

「聞かせてください」

春菜は即座に答えていた。

羽柴の傷について知りたいのは、もちろん興味本位からではなかった。

羽柴が他人に触れてほしくないところに触れてでも、深く彼を知りたい、彼を理解したい。

羽柴を独り占めしたい欲張りな春菜は、ただその思いに突き動かされていた。


「もしかして、綾瀬と一緒だった？」

いつものように羽柴の後について居間に向かっている時だった。短い廊下の途中で、突然、羽柴は足を留め春菜を振り返った。

（なんでわかったの？）

驚いた春菜がどう答えようか迷ったのは、一瞬だった。羽柴に嘘はつきたくなかった。春菜は今夜の運転手が綾瀬だったことを教えた。

「私と一対一で話がしたかったんですって。何か問題を感じているわけではないけれど、羽柴さんとつき合いはじめた相手がどんな女性なのか、念のため確かめたかったって言ってました。自分が危険な目に遭っているせいで、友達の身の上にも敏感になってるんでしょうね」

「送ってもらっただけ？」

「え？　あ、はい。私、初めて綾瀬さんとゆっくりお話したんですけど、彼がお店のスタッフにもお客さんにも人気があるの、わかります。誰もが認める美男子なのにちっとも鼻にかけてないし、他人《ひと》との間にむやみに壁を作らない。友達の羽柴さんを大切にする思いやり深いところも好きです」

強い眼差しが春菜に絡みつく。

春菜は羽柴の冷たく澄んだ瞳のなか、ゆらりと立ち上がる感情を見つけた。春菜を戸惑わせるそれがどこからくるのか。彼はまるで瞳を隠すかのように、春菜に背を向けた。

「今夜は甘いものもあるんだ。口にあえばつまんでくれ」

羽柴は居間に入ると、ソファのいつもの席に春菜を座らせ、自分はカウンターに立った。

それぞれの酒と一緒に用意されるつまみは、すべて羽柴の手作りだった。料理の腕があるというより味覚が鋭いのだろう。シンプルなレシピなのに素材の味が引き立つ、美味しいメニューばかりだった。

「その後、カフェの勉強は進んでる？」

「はい。マスターに個人教授もお願いしましたし、社会人向けにリモートで受講できるスクールにも入りました」

春菜は黒のハイネックにスーツの組み合わせが似合いすぎるぐらい似合っている今夜の羽柴を、

ぼうっと眺めていた。ふと、居間の続きの部屋に目が向いた。いつもは閉まっている扉が半分ほど開いていた。

ベッドが見える。明かりの落ちた薄闇のなか、浮き上がるシーツの白さにドキリとしたのも束の間、春菜の視線は別のものに吸いよせられた。

居間同様、必要最低限のものしか見当たらない空間だからこそ、そのシャンパンゴールドのペーパーバッグは目立っていた。サイドボードの上に置かれたそれは、隣室から零れるわずかな光を弾いてきらめいていた。

(あのロゴは知ってる)

バッグの真ん中に青色で抜かれた文字は、ここ数年、女性たちの間で話題に上ることの多いアクセサリーブランドの名前だった。普段使いというよりも、恋人から贈られたいプレゼントとして有名なのだ。

マリッジリングも人気だ。

(誰にあげるのかな)

ネックレスかピアスか、それともリングか。婚約指輪や結婚指輪の可能性もゼロではない。

(どんな女性《ひと》だろう? すっごい美人なんだろうなあ)

ふいに込み上げてきた重たいものに喉を塞がれ、春菜は唇を強く結んだ。

羽柴と一緒にいられる喜びは何よりも大きい。もしかしたら本物の彼女になれるかもしれない希望を、たとえ塵《ちり》ほどの光だとしても抱けるのは幸せだった。だからレッスン彼女である虚《むな》しい現実は、悩んでもしかたがないこととして受け入れてきた。

だが、彼との時間を重ねるにつれ、そんな前向きな感情の裏側に重たく苦いものがへばりつくようになった。最初は靄《もや》のように捉えどころのなかったそれは、羽柴への想いが深まるにつれ次第にひとつの形を取りはじめていた。

彼がレッスンを必要としているのは、実際に恋人にしたい女性が誰かいるからではないか？

黒雲のように広がった春菜の疑いは、バッグを見つけてしまったことでにわかに現実味を帯びてきた。

フリーになったタイミングで綾瀬に婚活パーティーに誘われた羽柴は、即座に断っていた。

（羽柴さんはつき合ってもいつも相手の方が離れていくと言ってた。もし、別れたばかりの彼女ともそうだったとしたら？　彼の方はまだその人に気持ちを残しているとしたら？）

彼は前カノとの復縁を望んでいて、アクセサリーはその気持ちを伝えるためのプレゼントかもしれない。

春菜の想像は悪い方へ悪い方へとどんどん勝手に転がっていく。

おかげでその夜の春菜は、いつものように羽柴と話せなかった。口を開くと彼を困らせることを言ってしまいそうで、しゃべれない分、お酒が進んだ。

アルコールの熱が身体中を駆け巡っていた。

三杯目のワインに手を伸ばした時、春菜は気がついた。今夜は羽柴も無口なことに。彼もまた、いつもより速いピッチでグラスを煽《あお》っているように見えた。


春菜はグラスを傾ける羽柴の右手を見ている。

手の甲の傷を見つめている。

婚約指輪も結婚指輪も、付けるのは左手に限ったわけではない。本来は自由なんだと聞いた。もし、あのバッグのなかにペアのリングが入っているとして、彼はこの手にその片方を嵌《は》めるのかもしれない。

(そんなの、嫌だ)

前カノをめぐる勝手な想像は、春菜の心に思いもよらない感情を目覚めさせていた。

羽柴の傷跡への所有欲とも呼べそうなそれが大きく頭をもたげてくる。

「羽柴がなんでもできるアンドロイドかサイボーグみたいに扱われてたのは、俺と出会う前――それこそ物心がつく頃からずっとだったらしい」

車を降りようとした春菜を呼び止め、綾瀬が教えてくれた。

「生徒も教師も、みんなそうだ。よってたかっての度を越した特別扱いは、いじめと変わらない。羽柴はいつも孤立していた。だからあいつは自分の完璧というイメージを嫌って、ぶち壊したい衝動を常に抱いていた。あの傷跡は、そんな羽柴の気持ちを汲《く》むものでもあるんだ。だから、消したくないいんじゃないかな」


女友達への自責の念から傷跡は消せない。

周りに悪い印象を与えるから消したい。

つきまとう自分のイメージを壊してくれるから、消したくない。


羽柴の様々な感情が幾重にも刻まれた右手に、春菜は寄り添いたかった。自分だけが彼の秘めた痛みや苦しみを分かち合いたかった。

(私はどんどん欲張りになってるの)

人前でこんなに酔ったのは初めてかもしれない。でも、おかげで緊張が解けて、何でも伝えられそうな気がしている。

「羽柴さん……」

春菜はちょうどグラスから離れた羽柴の右手を取った。両手で包む。それだけでは足りなくて、自然と頬を寄せていた。どこか芝居じみた大げさな動作だけれど、そうすることがとても自然に思えた。

とうとうキスで触れてしまった時、彼が微かに震えたのがわかった。

「痛みますか？」

春菜は自分の両手のなかでじっとしてくれている彼を、もう一度そっと握った。

ふと見ると、羽柴は目を閉じていた。

「この傷はたちが悪いんだ。忘れようとすると痛む」

羽柴の瞼がゆっくりと開いた。

彼の目に春菜が映っている。

「でも、君がキスしてくれた時は痛みが和らいだ」

「え……」

「気持ちよかったんだ」

握っていた手を握り返され、彼の方へと引かれた。

今度は彼が春菜の手に口づけた。

「もっと気持ちよくしてくれる？」

上目遣いに尋ねる彼の目は、恐ろしいほどの艶を含んでいた。男性にこんな眼差しを向けられたことのない春菜の背を、ぞくりと熱いものが駆け抜けた。

「誘っているのは私か？　それとも君？」

熱を帯びた艶やかな瞳に迫られ、春菜は震える口を開いた。

「こういう時は、よりその思いが強い方がリードするんです」

暗に私の方が強いと主張したつもりだった。

彼に口づけられた手が疼く。

彼とたくさんキスがしたかった。長く佇《たたず》んでいた踊り場から、一歩踏み出したかった。そのためなら恋愛マスターにだってなんにだってなってやる。ゴーサインだって出してやると、春菜は震えるほどの勇気を行動に換えようとした。

春菜は羽柴からキスを奪うため、彼の腕に手をかけた。——と、春菜が唇を寄せるより先に抱きしめられた。

「春菜……」

初めて名前で呼ばれた。思わず閉じた瞼の奥が熱くなる。涙が出るほど胸を締めつけられる幸せを、春菜は生まれて初めて味わっていた。

キスの気配がした。そっと近づいてきた彼の唇は、だが、重なると思ったとたんなぜか離れていった。

「嫌だ……」

羽柴が呟く。苦しげな声が吐き出した言葉の意味が、春菜にはわからなかった。

春菜を抱きしめる手に力がこもった。お前を腕のなかに閉じこめ逃がさないとでもいうように、強く強く抱きしめられる。

「浴室に行こう」

「え……」

「あいつの匂いを消したい」

「君が入ってきた瞬間、わかったよ。あの時にはもう、すぐにでも消したかった」

春菜が綾瀬と一緒だったと羽柴に教えたのは、香りだった。綾瀬が日頃使っているお気に入りのフレグランスを羽柴は覚えていた。おそらく綾瀬に借りた膝掛けについていたものが、春菜に移ったのだろう。

シャワーの湯気で温まった浴室で、春菜は羽柴の腕のなかにいた。

身体と身体が少しの隙間もなく重なっている。裸でいるのは今すぐ逃げ出してしまいたくなるほど恥ずかしいのに、こうして彼と肌と肌をくっつけていたい、いつまでも離れたくないと焦がれる気持ちは燃え上がる一方だった。二人の身体がひとつに溶け合っていく安心感があった。

シャワーの湯に打たれ、唇は羽柴から降りてきた。

さっきはためらったキスを、もう一度最初から。

「……ん」

柔らかく吸われて、唇が綻んできたところをさらに深く重ねられる。

彼の舌が春菜のなかに入ってきた。熱く濡れたものが、早くも蕩けそうな甘さでいっぱいになった内側を探っている。あやすように撫でられるたび、うなじや脇腹や背中や……。口のなかとはまるで関係のないところにまで、何とも言えない心地よさが広がっていく。

「……ぁ」

キスの合間に熱く零れる息は、すぐに止まらなくなった。羽柴のせいだ。唇を奪い続ける彼の手が、春菜の身体の隅々にまで滑っていくから。まるで綾瀬の香りを残さず洗い流そうとでもするように。

「あ……」

肩の丸みを繰り返し撫でていた手が、するりと下へ。乱れた呼吸で上下する胸元へと移ったのを知って、春菜は身を固くした。そのまま滑り落ちれば乳房は彼の手のなかだ。

「あいつに抱きしめられた？」

羽柴が聞いた。指先が乳房の裾野で遊んでいる。焦らすようにさわりと動いている。

「正直に答えて」

「そ……んなこと、されてません」

春菜は止まらない吐息を呑み込み、懸命に答えた。

「あの香りは、綾瀬さんに借りた膝掛から移ったもので……」

さっきもそう説明したのに、羽柴はなぜそんなことを聞くのだろう。

「……っ」

春菜は息をつめた。

「本当に？」と重ねて尋ねた彼のその大きな手のひらが、とうとう春菜の乳房を包んでいた。

「本当にこんなふうに触らせなかった？」

彼の指が春菜の膨らみを柔らかく凹《へこ》ませた。羽柴は手のなかに春菜の乳房があることを確かめるように、ゆるゆると揉《も》んだ。

「あ……や……」

身体の芯から込み上げてきた甘やかな快感に邪魔され、春菜は返事ができなかった。触らせてなんかいないと、必死に頷いた。

「誰にも触らせるな」

囁きが熱く春菜の耳に吹き込まれた。

「私以外、誰にもだ」

（羽柴さん……）

濡れた前髪を分け、額に口づけるその優しさに、春菜は泣きそうになった。

春菜は偽物の恋人なのに、彼は決してぞんざいに扱ったりはしなかった。与えてくれる悦びは本物で、本当に愛されていると勘違いしてしまいそうだ。

羽柴は春菜の髪や額や頬をキスで飽きることなく埋めながら、乳房を愛撫する手は止めなかった。

意地悪い指先が乳房の形をなぞる。先端へとすうっと引かれるように動いたかと思うと、頂《いただき》に辿《たど》り着く前に止まった。ポツンと勃《た》った実の周りにくるくると円を描く。

「あ……あ」

「気持ちいい？」

「……やぁ」

乳房が疼く感覚を、春菜は初めて教えられた。もっと触れてほしいのを知っていて焦らしているのがわかるから、羞恥が膨らむ。でも、恥ずかしさが増す分だけ、なぜか疼きも強くなるのだ。

「ん……っ」

凝った先端をつつかれ、春菜の肩が小さく跳ねた。軽く摘まれた瞬間、ビリッと鋭い快感が身体を突き抜け、春菜は思わず声を上げてしまった。自分でもドキリとするほど甘えた声だ。

「感じやすいんだな」

春菜は顔を上げられない。「可愛い」と信じられない言葉を囁いてくれる声が、本当に優しい。最初からずっと夢を見ているのかもしれないと思う。

「……ん」

乳房全部をすくい上げる手に、乳首を悪戯する指が混じる。指の腹で撫でられ続けているうち、声が止まらなくなっていた。

「や……あ、恥ずかし……」

「耳まで真っ赤だ」

春菜は耳がこんなに感じるなんて知らなかった。片方の耳朶を食《は》まれると、そこから生まれた悦びはあっと言う間に指の先まで沁みていく。

快感に呑み込まれ膝から崩れそうになった春菜を、羽柴が抱き留めた。

「過去は詮索しないと言ったのを後悔してる」

ふいに彼が言った。

羽柴はいったん春菜から離れると、今度は後ろから抱きしめた。バスタブを背にそのまま腰を下ろす。彼が恋愛上級者の技だと信じて実践している体勢だ。シャワーで温められたはずの床を冷たく感じるのは、彼に愛され身体が火照っているせいだった。

「今まで何人の男が君をこうして抱きしめてきたのか、私は知らない」

春菜は他人《ひと》に手ほどきができるほど恋愛経験が豊富だ——という噂を、羽柴は今も疑っていないのだろう。

「……私……全然もてないから……」

「いや、君の魅力に惹かれる男はたくさんいるはずだ。綾瀬だってそうかもしれない」

自分の開いた脚の間に春菜を置いて動きを半ば奪ってしまった羽柴は、目の前のうなじや肩にキスをしている。

「……はぁ」

全身が神経の塊になっている春菜は、うなじへのキスひとつ、肩を滑る唇ひとつで、ぐずぐずに崩れそうに気持ちよくなってしまう。たくさんの男たちなどどこにもいないと訴えたくても、乱れる息に邪魔され声にならない。

春菜の愛する大きな手が、膝の上に置かれた。と……、それは腿《もも》へとするりと滑り落ち、ゆるゆると撫ではじめた。

「もしもこの身体にほかの男の記憶が残っていたとしても、自分のものに書き換えられる。それができるのが上級者だろう。私にもできるだろうか」

太腿《ふともも》の内側まで忍び込んできた彼の手に春菜は脚を閉じようとするけれど、できない。撫でられる快感に緊張を解かれ、閉じるどころか緩んでしまう。

「駄目……、お願い」

今にも泣きだしそうな春菜の声に煽られたのか。

「もっと触ってほしい？」

羽柴は意地悪なことを言う。

「それとも、別のところに欲しい？」

（あ……っ）

脚の付け根の方まで濡れた空気が流れ込んできた。彼に膝を割られて足を大きく広げられ、春菜の秘花は温かな湯気に晒《さら》された。

「俺の声を聞いて……」

彼の手が、春菜の叢《くさむら》を撫でるように過る。

「俺だけを感じて」

春菜は逃げたかった。彼が触れようとしている場所がどうなっているのか、春菜は知っているからだ。浴室に連れ去られ最初のキスをしている時にはもう熱を帯び、疼いていたその場所を、彼に見られたくなかった。

小さなマメシバは巨《おお》きなサーベルタイガーの前脚に押し倒され、尻尾を震わせることしかできない。

一瞬、春菜の頭にそんな場面が浮かんで消えた。だが、すぐにあの何とも言えない安心感が全身に広がって、怖いほど大きな彼にすべてを委ねたくなる。自分のすべてを奪ってほしくなる。

「……っ」

彼の指先が、春菜の閉じた花弁の合わせ目に沿って線を引いた。春菜は思わず腰を捩《よじ》った。無駄と知りつつまた膝を閉じようとしたが、やはり許してもらえない。

羽柴は春菜の花弁を開くように指を動かした。

「見て。もうこんなになってる」

「……や……あ」

やはり、秘密の場所は恥ずかしいぐらい潤んでいた。きっと彼の指を濡らしているに違いない。

どうにかしようと身体に力を入れれば入れるほど、快感の蜜が滲《にじ》んでくるのを感じる。

「あ……、駄目ぇ……」

「春菜のここは熱いな」

彼は春菜の浅く短い裂け目に、何度も愛撫の指を行き来させた。快感がまた膨らんだ。花弁のたてる蜜に塗れた淫らな音が聞こえてくるようだ。

（もう……）

苦しいぐらいに気持ちがいいから、いっそ昇りつめてしまいたい。覚えのある強い衝動がすぐそこまで迫っていた。

「私で感じてくれてるのが嬉しい」

羽柴はいったいどんな顔をして、こんな優しい言葉を向けてくれるのだろう。

（……私も……）

春菜も嬉しかった。羽柴もまた春菜で感じてくれていたからだ。春菜の後ろに当たる彼の分身は、とっくに力を漲《みなぎ》らせ固く張りつめていた。

羽柴は大きな手のひらで春菜の秘花を覆い、柔らかく揉むように動かした。

（駄目、駄目……、いっちゃう）

いやいやをしながら腰が逃げてしまう春菜に、「我慢しなくていい」と彼は囁いた。

羽柴は手の動きに合わせ猛《たけ》った自分を春菜に押しつけ、刺激している。彼の興奮が余計に春菜の快感を煽った。

「ふ……っ」

切羽詰まった彼の息が春菜の髪にかかった。普段の冷たく凪いだ表情からは想像もできない、熱に浮かされた苦しげな息だ。

「……んっ」

その瞬間――。春菜の両足の爪先がぎゅっと丸まった。

強い快感が背筋を伝って駆け抜け、春菜は息を詰めた。

やがて身体の隅々にまで悦びが広がるにつれ、張りつめていた力が抜けていった。

羽柴は立ち上がるとシャワーを止めた。脱衣場に戻ってバスタオルを二枚持ってきた。一枚で自分の身体を拭いた後、しゃがみ込んでいる春菜をもう一枚のタオルで包んだ。春菜を立たせ、そのまま上から濡れた身体を拭った。

「え……」

春菜の鼓動が跳ねた。いきなり抱き上げるなんて反則だった。

姫抱きをしたら世界一サマになるだろう羽柴に、自分は抱っこされている。一目惚れした日もそうだったと思い返せば尚更《なおさら》のこと、春菜の胸は締めつけられた。ドキドキと、ただでさえ早鐘のごとく打っていた鼓動がいっそう速くなる。

羽柴は浴室を出た。

「君はずいぶん軽いな。うっかり触ると壊してしまいそうで怖い」

羽柴が大股に居間を横切り向かったのは、隣の寝室だった。シーツの上に春菜を横たえるやバスタオルを剥《は》ぎ取り、身体を重ねてきた。

春菜は抱きしめられる。痛みを感じるほどに強く、息が重なるほどにしっかりと、彼の方へと引き寄せられる。

「あ……」

一度昇りつめた後の甘く蕩けていく余韻が羽柴に抱きしめられる、ただそれだけのことで新たな悦びを連れてくる。灼熱《しゃくねつ》の手でまさぐられでもするように、下腹の奥が熱くなった。

「君はこうして私の腕で隠してしまえそうなほど可愛いのに、大人の女としての魅力もある」

羽柴は熱い息をひとつ落とすと、春菜の顔を覗き込んだ。そして、独りごちるように続けた。

「だから、春菜を乱暴に扱って傷つけることを恐れるくせに、男として君を求める気持ちに抗《あらが》えない。どこまでも私のしたいように、私だけが君を自由にしたくなるんだ」

「羽柴さん？」

春菜は思わず彼の頬に手を伸ばしていた。そろりと触れた。

めったに崩れることのない彼の面《おもて》を、はっきりと感情の色が揺らしていた。

（なぜ？　どうしてそんな辛そうな表情《かお》をするの？　私は傷ついたりしないのに）

今夜の羽柴はいつにもまして嬉しい言葉をかけてくれる。レッスンとは思えない心のこもったそれは、春菜を大切に愛されている気持ちに浸らせてくれる。

けれど彼の言葉がこんなにも真剣味を帯びているのは……、

（やっぱり私に誰かを重ねているからですか？）

どれほど春菜を抱きしめても、愛する女性《ひと》にはキスひとつすることもできない現実が、彼にこんな苦しい顔をさせているのか。

「……春菜……」

羽柴が貪る激しさで唇を重ねてきた。

春菜の全身が、指の先まで燃え立つように熱くなる。

こんなにも身体が疼いている。彼とひとつになりたいと、春菜を追いつめる。

「……っ」

「ん……」

互いの喉が鳴るほどの深いキスの間、春菜は押しつけられる彼の昂《たかぶ》りを感じていた。浴室で教えられた時よりもひと回り大きく、重たくなったようだった。

羽柴の本能に訴えたなら、勇気を出して先に進むサインを出したなら、彼にも求めてもらえるだろうか。レッスンの続きをする顔で彼の手を引いたら、応えてくれるだろうか。

春菜は唇を離し、頬に添えられた羽柴の手を取り引き寄せるつもりが、すがりつくように握りしめていた。その手を胸に抱いていた。

(レッスンでもかまわなかった。紛《まが》い物の関係でもよかった。どんな苦しみよりも、あなたに本物の恋人みたいに触れてもらえる幸せの方がずっと大きかった。だけど——)

彼の瞳に映っているかもしれない女性の存在を突き付けられた時、春菜は初めて自分の進もうとする道をとても険しいものに感じたのだ。

「すまない」

羽柴に目元を拭われ、春菜はハッと睫毛《まつげ》を瞬かせた。

「泣かせるつもりはなかった」

羽柴への想いが急に行き場を失くしたように思えて溢れた涙だった。それを羽柴は、自分が春菜を困らせたと勘違いしている。

「上級者は女性をこんなふうに泣かせたりはしないよな」

羽柴は春菜の濡れた睫毛にキスをした。

「一方的な欲望を押しつけるのはルール違反だ。時間をかけて段階を踏まないと」

春菜はただ彼と見つめ合う。

「わかっているんだ。それでも私はほかの男たちが君の上に残したものを、私自身で消し去りたい」

春菜の目が大きくなった。

「私はどうすればいい？」

彼は春菜の答えを待っている。

羽柴の瞳の色が薄くなり、氷のようにひと際冷たく感じられる時、それは彼が目の前の相手と真摯に向き合っている証《あかし》だ。

「私も……」

言葉は自然と零れた。

「私も消してほしい」

(ほかの男たちなんてどこにもいないけど)

消し去るのではなく、刻み込んでほしい。

(この身体に今夜のあなたを、いつまでも覚えていられるように)

羽柴が春菜を奪うように抱き寄せた。

「大丈夫。最後までしない。君を大事にしたいから」

春菜の唇を長いキスで塞いだ彼が、また幸せな言葉をくれた。

「今夜はただ、私をもっと感じてくれればいいんだ」

春菜は目を閉じた。

五感のすべてを彼に向ける。自分の全部で彼を感じたかった。

(羽柴さん……)

出会った日にはもう春菜を魅了した彼の手だった。その大きな手のひらが、春菜の肌を滑っていく。乳房を撫で鳩尾《みぞおち》へ、鳩尾から下腹へ。彼の手は温もりを確かめるかのようにその場所に留まっては、また動く。

「あ……」

春菜の両膝に力が入った。彼の両手が腿の裏へと回っていた。

「……ん」

両脚がゆっくりと開かれていく。浴室でもそうだったように、閉じたくても許してもらえない。

(羽柴さん……)

たった今、彼とこの先に進みたいと望んだのはあなたじゃないのと、春菜は羞恥で震える身体の力を抜いた。

「……っ」

微かに乱れる呼吸は春菜のものではなかった。

羽柴も春菜と同じなのだ。もっと相手を感じたいと身体を昂らせている。

(……熱い……)

秘花に重ねられた彼の分身は熱く、ずしりとした重みがあった。先端で花弁を開かれ、上下にゆっくり擦られる。

（どうしよう。こんな……）

恥ずかしいほどに濡れている。研ぎ澄まされた春菜の感覚は、自分の身体の変化を目で見るよりもはっきりと感じていた。

「ああ……」

硬く緊張したものが行き来するのに合わせ、春菜の息も弾む。

声を我慢したくてもできなくなってきた。

後から後から湧き起こる快感に、声は零れるそばから甘く溺れていくようだ。

「私を覚えて。二度とどんな男も思い出さないように」

「もう……あなただけだから……」

彼が動くたび、花弁に埋もれた敏感な珠《たま》を掘り起こされる。潤みをまとったそれは、つつかれひしゃげて春菜を追いつめた。

「あ、あ……許して……」

羽柴は夢中になるあまりともすると横に逸れてしまう分身に、春菜の手を取り添えた。そうやって、今や蜜を纏ってふっくらと膨らんだ花芽を責めた。

「私を感じてる？」

春菜をあやす優しさで、彼の声が聞く。

「私はとても快いんだ」

「……私も気持ちい……いの」

春菜はほんの一瞬目を開けた。

(……羽柴さん)

喜びが春菜の胸を締めつけた。

春菜が恐れていた、レッスンの課題をただ果しているだけの無感情な顔ではなかった。

彼は目を伏せ微かに眉根を寄せて、大きな情動に耐える表情をしていた。快楽に酔っている顔といえば、そうかもしれない。

(私と同じだ)

彼と二人で今この時を楽しんでいるというのなら、今夜の記憶は忘れられないものとして必ず自分のなかに深く刻まれるだろう。

「春菜……」

春菜を追いつめる羽柴の動きが速くなった。彼を追いかけ、春菜も揺れている。二人が触れ合っているところから、とろとろに溶けてしまいそうだ。

「ん……っ」

春菜の腰が迫《せ》り上がる。

羽柴が強く自分を押しつけた瞬間、春菜は二人の鼓動がひとつに重なる感覚に襲われた。身体の深いところから強い快感が突き上げてくる。それは昇りつめた瞬間、春菜を震わせ弾けた。彼の放ったものが春菜を濡らした。

ゆっくりと、全身を駆け巡っていた熱が引いていく。

大きく上下する春菜の胸に、彼が倒れ込んできた。乳房に頭を預け目を閉じている。そのどこか少年めいた様子が愛おしくて、春菜は彼の頭を抱いていた。


真夜中のしんと沈んだ空気をかき回さないよう、寝室の春菜は注意を払って着替えをした。貸してもらった彼のパジャマを畳む前に、一度ベッドの上に広げてみた。

(ぶかぶかだったな)

下は穿かなくても上だけで、大分丈は短いけれどワンピース代わりになるぐらい。

(やっぱり羽柴さんは大きいなあ)

一目惚れしたその大きさが、また春菜の胸を切なくした。

サイドボードに置かれた時計はもうすぐ二時を回ろうとしていた。足音を忍ばせそろりと扉に寄ると、隣の居間を覗いた。

羽柴がソファで眠っている。窮屈《きゅうくつ》そうにくるまった布団から、深い寝息が聞こえてくる。

「夢中になりすぎて疲れた」と羽柴は言っていた。セックスを覚えたての十代の頃にかえったようだと呟いた彼は、そんな自分に戸惑い、照れているように春菜には見えた。

「今夜はもう遅い。泊まっていってくれ。君の仕事に支障が出ないよう、明日の朝早く私が送るから」

羽柴の提案に頷いた春菜が、彼が眠るのを待ってこっそり帰ろうとしているのは、今夜はとても目を瞑ってじっとしていられる心境ではなかったからだ。

一人になって考えたかった。これからどうしたいのか。自分の気持ちと逃げずに向き合って、答えを出したかった。

「急に母屋の綾瀬と話さなければならない用件ができることがある。もし君が来た時、私が部屋にいなければ、勝手に入ってくれていい」

羽柴の元を初めて訪れた日に渡された合い鍵を握って、外に出る。

扉を閉めたとたん、潜めていた息がほうっと零れた。

人影の見えない、外灯の明かりがまだらに落ちた切り絵のような道を春菜は歩き始めた。この先を走る大きな通りに出たらタクシーを呼ぼうと思っていたが、正直、帰りの足などどうでもよかった。頭のなかが羽柴でいっぱいだった。

（もし羽柴さんが好きな相手に私を重ねて見ているなら、彼のためにも自分のためにもレッスンを終わりにした方がいい？）

このまま続けられるほど、自分は強いだろうか？

（もうとっくにぼろが出てると思うんだけど、このまま間抜けなレッスンを続けるとして……）

すごろくにたとえるなら、二人のレッスンのあがりのマスは『羽柴との最初で最後の一夜』だろう。

（告白は？）

「……したかったんだけどな」

思わず声に出してしまったことにも気づかないほど、春菜の頭は本当に羽柴でいっぱいだった。

悩みは深くなるばかりだ。答えはでない。

（気持ちが固まるまで、彼とは距離を置いた方がいいのかな。離れた方がいい？）

突然、車の扉を開く大きな音がした。

「――⁈」

春菜はいきなり腕をつかまれるまで、気がつかなかった。自分の隣まできてスピードを落とした車がいることに。

視界がヌッと黒い影に塗り潰された。叫び声をあげる間もなく春菜は口を塞がれる。

相手は一人ではなかった。連係プレイの素早さで春菜は抱えられ、手足の自由を奪われた。

彼らの顔が影絵に見えたのは、黒い目出し帽を被っているからだった。

――この間、ほんの十数秒。

目の前に白のワンボックスが大きな口を開け待っていた。

連れ込まれる！　助けて！　と思う間もなく、ヒーローはやってきた。

春菜を拉致犯の手から引き剥がし、奪い返したのは羽柴だった。

（えっ？）

「ここから動くな」

羽柴はいったん春菜を背に守るポジションを取ってから、逃げ出した影たちを一人、また一人と捕まえた。抵抗されても怯《ひる》む様子は微塵《みじん》もなかった。

流れるがごとく羽柴の動きには無駄がなかった。向かってくる拳を鮮やかにかわしては、相手を過剰に攻撃することなく地面に捩《ね》じ伏《ふ》せていく。画面いっぱいに正義のミカタが活躍するアクションシーンでも見ているようで、春菜はただ唖然《あぜん》と突っ立っていた。

「羽柴！　警察には俺が連絡する！」

走ってきた誰かが、転がっている三人のうち一人を椅子にして腰を下ろした。

綾瀬だ。

「こっちはまかせろ。こいつらを引き渡せば、車で逃げたやつもすぐに捕まるだろ」

彼は手にしたスマホを羽柴に向かってひょいと掲げてみせると、「お前は彼女のケアを」と目配せした。

ハッとした羽柴が、慌てた様子で春菜の方を向いた。

「大丈夫か？」

「大丈夫ですか?」

目が合うなり、二人の口から同じ台詞が飛び出した。

「怪我はないか? 痛むところは? ない?」

小走りに春菜の前に戻ってきた羽柴は、春菜が頷くのを見てほっと息を吐き出した。

「よかった。もしも間に合っていなかったらと思うと、心臓が痛くなる」

(羽柴さん……)

春菜は羽柴の胸のなかだった。自分を守って男たちを叩《たた》きのめした、たくましい腕に強く抱きしめられる。

「日高さんが怪我でもしていたら、抑えがきかずにこいつらを再起不能にしていたところだった」

春菜の心を甘やかに揺らす、いつもの羽柴の台詞《ことば》だった。

彼の呼吸が微かに震えて耳に届いた。春菜は彼を抱きしめ返したい気持ちに蓋をし、そっと身体を離した。

「どうして羽柴さんがここに?」

「君の後をついてきたんだ」

羽柴は春菜が部屋を出たことにすぐに気づいたという。

「時間も時間だし、心配になって追いかけた。ただ、私の部屋に泊まりたくない、帰りたいという君の気持ちは尊重したかった」

彼は春菜がタクシーに乗るのを見届けたら帰るつもりで、距離を取って後ろをついてきたのだった。

「何かじっと考え事をしていただろう？　話しかけづらかったというのもあるな」

春菜は今更ながら感心していた。気配を殺して行動した春菜の動きに反応したことといい、さっきの大立ち回りといい、彼は本当に優秀なボディーガードなのだ。

（でも？　綾瀬さんまでどうして？）

春菜は不思議だった。とっくに母屋の自室で眠りについていただろう彼まで、なぜ？

警察への連絡が終わったらしい綾瀬が、弾みをつけて立ち上がった。椅子代わりにされていた男がひしゃげたうめき声を上げた。

「わかってるな、羽柴。今後はナシだぞ」

「ああ」

「一人での行動は、よほどの事情がない限り謹んでくれよな」

「俺にとってはよほどの事情だった」と、羽柴。

「だとしても、お前が相手をしているのがどういう連中かまだわかってないんだ。いつどんな形で危険な目にあうとも限らない。慎重な行動を心がけるにこしたことはないだろう」

（あれ？）

春菜は首を傾げた。二人の会話がなんだかちぐはぐだったからだ。

「綾瀬はどこにいたんだ？　母屋との渡り廊下か？」

「そ。仮眠がてらお前を見張ってた。なにせ最近の羽柴君は、彼女といるとイレギュラーな行動をとる可能性が高いんでね」

「あの！」

春菜はつい口を挟んでしまった。二人が同時に春菜を見た。違和感の正体がわからない春菜は、何を言えばいいのか言葉につまってしまったが、どうやら彼らは察してくれたようだった。

羽柴は綾瀬と目を見交わした。

「彼女には話した方がいいんじゃないか」

綾瀬の言葉に羽柴は頷いた。

「私もそうしたいと思っていた。私と親しくしていることで、彼女までどんなとばっちりを食わないとも限らないからな。今夜の奴《やつ》らがそうかはまだわからないが」

綾瀬が春菜に向き直った。

「改めて自己紹介を。この度、京際《きょうさい》セキュリティサービスから羽柴氏の身辺警護に派遣された綾瀬昌宏です」

春菜の目が、ええ？　と丸くなった。

綾瀬は「そしてこちらが」と、ちょっとおどけた動作で羽柴に紹介の手のひらを向ける。

「俺の友人で今回の仕事の雇い主――」

綾瀬の言葉を引き取って、羽柴が言った。

「羽柴浩市。東雲設計の代表を務めている」

「嘘……？　本当なんですか？　ボディーガードは綾瀬さんの方？」

たった今、恐ろしい目に遭ったことも忘れるぐらい、ヒーロー顔まけの羽柴の活躍ぶりに感心していた春菜だった。なんてカッコいいんだろうと、ボディーガードとしても超一流なんだと、新たに見つけた彼の魅力に胸をときめかしていただけに本当に驚いてしまった。

第四章　わがままな決意

危うく拉致事件の被害者になるところを羽柴に助けられ、一週間が経った。

その日――春菜は出勤してすぐマスターに呼ばれた。何か相談したいことがあるという。

バックヤードのスタッフルームで、マスターのニコニコと機嫌の良さそうな表情と向き合った時、どうやら悪いことではなさそうだと春菜は安心した。ところが、彼が開口一番切り出したのは、悪い話以上に春菜をびっくりさせる内容だった。

「ある会社の本社ビルにミニ支店を出すことになったんだ。日高さんにぜひ店長を引き受けてもらいたい」

突然すぎて返事に窮した春菜だったが、すぐに思い当たった。

「その会社って、もしかして東雲設計さんですか？」

「そうなんだ。社長の羽柴さん自らの熱心なお誘いでね。君にももう、先方から連絡が入っているのかな」

（やっぱり！）

春菜の心にざわりと波が立った。

そもそもの発端《ほったん》は、一週間前の拉致未遂事件だった。春菜はあの事件をきっかけに、羽柴と綾瀬の関係が実は教えられていたものとは真逆なのだと知った。

羽柴はボディーガードではなかった。

羽柴こそが大企業のトップを父親に持ち、自らも人を率いてビジネスを動かす若き経営者だった。道理で専属の運転手も雇えるはずだ。

「俺と羽柴が立場を交換しているのは、基本的には社外にいる間だけだよ。羽柴の知らない人間のなかにいる時だ」

綾瀬が説明してくれた。

「社内やクライアントとの仕事の場では、普段通りだ。相手の素姓も知れているし、不安や疑問がある時は調べることもできるだろう。対策の取りようがあるから、それほど神経質になる必要はないんだ」

綾瀬によれば羽柴を標的にしている者がいるとして、相手が彼の顔を知っている可能性はもちろん高い。しかし、それでも羽柴に面識のない不特定多数のなかに身を置く時は、立場を交換して行動する方がリスクの軽減になるという。

「こういう手段はめったにとらないんだ。でも、俺たちは互いをよく知っているからね。仲が良いって単純な意味とはちょっと違う。俺と羽柴は武道やスポーツを通じて身体面でのコミュケーションも重ねてきた。万が一の事態に遭遇した時、阿吽の呼吸で行動できる。危機回避の確率が高くなるんだ」

綾瀬の提案を羽柴が受けた形だった。羽柴本人は自分のことより、周囲の人間にまで危害が及ぶ事態を恐れていた。

「日高さんを襲った男たちは、私の件とは関係ないことがわかった」

羽柴から春菜に連絡が入ったのは、つい二日前のことだ。

暴行目的で女性を連れ去り、行為中に撮った映像を使って脅し、被害者を泣き寝入りさせていた卑劣漢たちだった。以前、綾瀬が話していた、あの地域での拉致未遂事件も彼らの仕業だったそうだ。

「今回のことは関係ないとしても、自分の抱いていた不安を形にしてまざまざと見せつけられた思いだ。もしも私に敵意を抱いている人間が、君が私とプライベートで会う関係だと知った時は、何をされない保証はない」

羽柴は心配が表情に出るほど、春菜を気にかけていた。

「できる限り気をつけます。仕事帰りとか、日が暮れてから出歩く時は特に」

「昼間も私の目の届く範囲にいてもらえると少しは安心できるんだが」

「昼間は大丈夫ですよ。店のなかにも外にも人目がありますから。マスターやスタッフがそばにいる間は、何かあっても遠慮なく頼れるし」

「いっそウチの社の隣にリナリアが越してきてくれないかな」

「さすがにそれは難しいでしょうね」

まさかそんなわけにはいかないことは羽柴もわかっているだろうからと、春菜はとんでもない冗談として流していたのだ。よもや彼が自分のオフィスにリナリアの支店を誘致しようとは、夢にも思わなかった。

「一階フロアは、もともとお客さんとの打ち合わせや商談をするスペースなんだそうだ。その機能は残しつつ、スタッフがひと息つけるレストスペースとしてリナリアをオープンさせたいと言っていた。若い社員ばかりの職場で、相当自由な社風らしいね。休憩をいつ取るかは社員それぞれの判断にまかせているそうだ」

居抜きとまではいかないが、接待用のキッチン設備やカウンターなどはすでにあり、改修工事にそれほど日にちはかからない。日頃つき合いのある業者が最速で請け負ってくれるという。費用は全額東雲側の負担だ。

「余所《よそ》さまの軒《のき》を借りての出店は初めてで、私もいつかは試してみたい思っていたところだったんだ。賃料も破格の安さだしね。でも、それだけが理由じゃないんだよ。もちろん、羽柴さんがウチの常連さんだから話を受ける気になったのでもない」

春菜が返事に迷っているのを見てとったマスターが、励ます口調になった。

「日高さんにとって大きなチャンスだと思ったんだ」

向けられた眼差しも、春菜を優しく勇気づけている。

「いずれ必ず自分の店を持ちたいと頑張っている日高さんが今以上に力をつけるには、またとない舞台だってこと」

「マスター……」

「お客さんは東雲の社員と、あとは近くに羽柴さんのお父さんの会社の支社があると言ってたな。そちらの社員にも利用してもらう予定だそうだ。限られた人間相手の商売はやりやすいかもしれないし、ほかの店舗にはない難しさがあるかもしれない。そのあたりは私も経験がないのでわからない。ただ、私を日々質問責めにする日高さんの前向きパワーがあれば、得るものは大きいと思うよ」

彼は「羽柴さんも私と同じ気持ちみたいだね」と頷いた。

「東雲設計の社長が綾瀬さんじゃなく彼だと打ち明けられた時は、実はそんなに驚かなかった。少し話をすればわかるよ。彼には人の上に立って物事を動かす頭と力量がある。おそらく羽柴さんは、経営者目線で普段のあなたの仕事ぶりを見ていたんじゃないかな。リナリアの新店舗には相応《ふさわ》しい戦力だからと、彼の方からあなたをスタッフに投入する提案があったんだ」

（羽柴さんが……）

「で、私も考えた。だったらいっそ店長で経験を積んでもらおうかなと」

春菜の胸がツンと沁みるように疼いた。羽柴がリナリアを自分の会社に引っ張りたいのは、春菜の安全確保のためだけではなかったのだ。

（夢を目標に換えて、私に頑張るきっかけをくれたのは羽柴さんだった）

羽柴が東雲設計の代表だと知った今、思い返せばあの時の春菜へのアドバイスは、彼自身の経験から生まれたものとわかる。

(羽柴さんのおかげで私は前に進めた。自分にできることを全部しようと決めた。それがマスターの目にも留まって、店長に抜擢《ばってき》してもらえたんだ)

自分の頑張りの成果でもあるチャンスだ。見送るべきじゃない。

(挑戦してみたい。自分のためにも、羽柴さんの応援に応えるためにも)

春菜は膝の上に目を落とした。

いつの間にか、重ねた両手を強く握りしめていた。

(羽柴さんとのこと、この先どうしたいのか。自分の気持ちが固まるまでは距離を置いた方がいいと思ってたのに……)

彼の会社に通うようになれば、そうはいかなくなる。

ふいに心の奥で声が弾けた。

嘘つき。

本当はいつだって彼のそばにいたいくせに。

いつまでも彼の姿をこの目に映していたい。

声を聞いていたい。

一目惚れしたあの日に生まれた純粋な想いが、春菜を追いつめる。

（私はどうしたら……）

もしも自分にとっての幸福と呼べるものがどこかにあるとしたら、どの道を選択すれば辿り着けるのか。春菜は迷っていた。


（羽柴さんて、やっぱり素敵だな）

カウンターのなかで待機していた春菜は、こっそりついたため息があまりにうっとりしているのに気づいて頬が熱くなった。

（なんだか不思議な気分。ボディーガードだと思っていた時はボディーガードのかっこ良さ二〇〇パーセントだったのに、くるんと変わったの。今は有能な企業のトップとして眩しいぐらい輝いて見える）

春菜の視線の先に羽柴がいた。応接スペースのテーブルを挟んで、仕事関係の人間だろう二人と向かい合っている。

タブレットを片手に話す横顔はとても凛々しかった。表情の乏しい冷たい容貌も、ビジネスの場ではかえって切れ者経営者の印象を強くしているようだ。身を乗り出し気味に彼の言葉に聞き入る相手の様子からも、羽柴の優秀さが窺《うかが》い知れた。

(綾瀬さんはこういう時、秘書って名乗るんだよね)

実際、綾瀬は羽柴の隣に秘書のような顔をして座っている。綾瀬は羽柴が外部の人間と会う時は、たとえよく知る相手であっても念のため行動を共にしているそうだ。

春菜はなんとか視線を羽柴から引き剥がし、ガラス越しに外の景色に向けた。風に揺れる街路樹の秋木立が、淡い影を歩道に落としている。

ここ東雲設計本社ビル一階フロアは、受付のあるエントランスの奥に今羽柴たちが使っている応接スペースと、社員が自由に利用できるレストスペースがあった。

カラフルな積木を積み上げたようなお洒落《しゃれ》な外観の、変則的な四階建ての社屋は、聞いていた社員数から想像していたよりもずっと大きかった。一昨年完成した建物自体が彼らの手による作品で、モデルルームの役割も果しているらしかった。

悩んだ末に店長の仕事を引き受ける決心をした春菜は、そうすることで羽柴のそばにいる毎日を選んだのだった。

新しい職場の正式名称は、プチ・リナリアだ。

オープンして半月あまり。本店よりもプチ・リナリアのメニューはさらにシンプルだ。珈琲、紅茶を中心にしたドリンク類と、本日のケーキが三種。軽食はサンドイッチが二種類。食べ物関係はすべて本店の厨房で作ってもらい搬入するので、春菜も含めたスタッフ三人の仕事は飲み物の用意と接客がメインになる。

応接スペースの来客の接待もまかされていた。

春菜に限っては、本店からの仕入れや在庫の調整、売上の管理などとともに、新しいメニューの企画・提案など、店長としての仕事もあった。

（そろそろ次の波が来る頃かな）

春菜はカウンター内の棚に置かれた時計に目をやった。夕方前の時間帯は、遅い昼食を取った社員や三時のおやつ感覚でひと息つきたくなった社員がやってくる。あわせて応接スペースの利用率も高くなり、店内の風景はもっとにぎやかになるはずだ。

入り口に一番近いテーブル席には、羽柴の依頼で綾瀬と同じ警備会社から新たに派遣された護衛スタッフ一名が、社員の顔をして陣取っていた。春菜の安全を考えてのことだ。

「こんにちは」

自動ドアが開いて長身の女性が入ってきた。お気に入りの席が空いているのを確かめると真っ直ぐ向かった彼女は、外部の利用者だった。羽柴の父親の会社で営業職に就いている。ここから徒歩五分のところにある支社勤務だ。

「今日のケーキにさつまいものモンブランがありますよ。前にお芋が好きだとおっしゃってましたよね」

本店同様、リナリアオリジナルのコースターにお冷やのグラスを置いた春菜に、彼女は「じゃあそれでお願いします」と笑顔になった。追加でいつもの特製ブレンド珈琲を注文する。

「ねぇ。もうお客さんの顔と情報をセットで覚えちゃってるの？」

カウンターに戻ってきた春菜に、藤崎がしきりと感心している。

彼女もプチ・リナリアの戦力の一人だった。

春菜は後輩の自分が店長職に就くことを気にかけていたが、藤崎いわく、私は店長の器じゃないし、そもそも出世の野心もないんだからとあっけらかんとしていた。

「私なんかよっぽどのイケメンでもなければ、スーツ着てるとみんな同じに見えちゃうけどね」

「ここは社内の店舗という特別な環境だから、お客さんとは仲良くする方がいいかなと思ってるんです」

自分の方から積極的に名乗るようにしているし、相手も名乗ってくれた時は忘れないようにしている。もちろん、一人で静かに過ごしたい客とは適切な距離を取る。

店を通して客同士の交流の盛んだった本店でも、同じことを心がけていた。長年の夢を目標に置き換えてからは、より意識的にそうするようになった。

(社員の人たちと仲良くなったおかげで、会社での羽柴さんの様子もちょこちょこ耳に入ってくるようになったし)

羽柴は親の七光で会社が成り立っているお坊ちゃん経営者では決してなかった。カリスマ的リーダーシップと様々な能力に秀でたトップを社員たちは皆信頼し、また彼に敬意と憧れを抱いていた。

もっとも、やはりと言うかお約束と言おうか、誰もが入社してしばらくは羽柴に対し、恐い人だと一方的な苦手意識を抱いてしまうらしい。だがそれも、仕事を通じて本人と接するうちに氷解する。

春菜はマスター直伝の珈琲をいれながら思い出していた。羽柴がいまだ正体の知れない犯人にどんな嫌がらせを受けてきたのか、春菜が知らなかった具体的な内容まで教えてくれたのも、仲良くなった社員たちだった。

彼らはそのせいで自分たちのボスがボディーガードを頼まなければならなくなったことも、時と場合によって綾瀬と立場を交換していることも承知していた。

「一時、社長室直通の番号に無言電話がかかってきてたんですよね。まだ暑い頃だったかな。あと、呪いの手紙みたいなのもきたって聞いたな」

「ついこの間も届いたらしいよ。総務の子の話だと不幸になれとか呪われろとか、とんでもない言葉が書きなぐってあったんだって」

「車に轢《ひ》かれかけたのは、今年の初めごろだっけ？」

「そうそう！」

「あと、会社の花見帰りだったよな。四、五人のグループにいちゃもんつけられて殴り合いになったの。綾瀬さんも一緒にいたけど、社長は頭に怪我してしばらく病院通いしてた」

「噂では、ほかにもいろいろあったらしいね」

「陰湿と過激のコンボってやばくない？　あらゆる手段を使って攻撃してくる敵《てき》って、まじ怖いよ」

「どれも犯人は捕まってないもんな。同じ人間のしわざなのかなあ？」

「羽柴社長の頭の怪我、綺麗に治ってホントよかったよね。場所が場所だけに治っても毛が生えてこなかったらどうしようって、私本気で心配だったもん」


（そんな怪我までしてたなんて。本当に治ってよかった）

春菜は藤崎が用意したケーキの載ったトレイに、香ばしい匂いの立ち昇るカップを並べた。テーブルに運ぶ。

（羽柴さんが仕事をしてる姿も見られるし、彼のこともいろいろ知ることができて嬉しいんだけど、店長を引き受けようかどうしようか決めかねていた時の迷いが消えたわけじゃない）

羽柴とこれからをどうするのか。自らレッスンを終わらせるのか、彼の心にいる誰かの影に怯《おび》えながらも一日でも長く一緒にいる道を選ぶのか。

春菜の決心は固まっていなかった。

幸いにも拉致事件以降、シンデレラタイムはストップしている。いつにもまして忙しい羽柴は出張続きで、春菜を部屋に呼ぶ時間を作れないでいた。

一度だけ羽柴が仕事の合間を縫って夕食に誘ってくれた。夜景の美しい、彼の行きつけのイタリアンレストランだった。綾瀬が気をきかせて別のテーブルに座ってくれたので、久しぶりに二人きりで話ができた。

プチ・リナリアのことや春菜の新しい仕事のことや……。羽柴とのいつもの穏やかな会話の終わりに、彼は言った。

「レッスンが進まないのがもどかしいな」と。

春菜と見つめ合ったまましばらく無言だった彼は、別れ際にポツンと呟いた。

「課外授業があればいいのに」

あれはどういう意味だったのか。

絡みつく視線の熱が、今も春菜の胸に残っている。

ふとした瞬間、蘇ってくる。

(あれ以来二人きりにならずにすんでいるのは、正直ほっとしてる)

春菜は珈琲とモンブランを客の前に置いた。

「何か御用がありましたらお声をかけてください」

テーブルを離れた春菜は、無意識のうちに視線をまた羽柴の方に向けていた。

ドキリと鼓動が跳ねた。羽柴も春菜を見ていたのだ。

彼のテーブルではすでに仕事の話は終わったらしく、おそらくは綾瀬が参戦することで良い雰囲気の談笑タイムに突入している。

とっさに春菜は目を逸らしてしまった。

(やだ、胸がへん……)

胸が痛いぐらいに高鳴っている。

春菜は気づいてしまった。

(ほっとしてるなんて嘘よ。何があったって、私は早く彼と会いたいと思ってる。会って二人きりになりたいと思ってる。たとえ一時間でも二時間でも、羽柴さんを独り占めしたいって思ってるんだ)

ほんとに私は嘘つきだ。


カウンターに戻ろうとした春菜を、別のテーブルの社員が呼び止めた。時々一緒にやってくる男性二人組だ。私服に近いラフな服装の彼らは、室内装飾に関わる部署で働いている。春菜とそう歳の変わらない方が、ひと回り以上年上らしきもう一人の助手を務めていると言っていた。

「ね、日高さん。日高さんは今フリー?」

そう聞いたのは、上司の方だった。

「は……い?」

「つき合ってる人いないの？」

「それってセクハラですよ」

助手君が上目遣いに春菜を気にかけつつ、上司を止めた。

「いえ……いませんけど」

「いないのっ？」

「ちょっ、声が大きいですって」

助手君は赤くなったり青くなったりしている。

「今は仕事に集中したいので、誰ともおつき合いする予定はありません」

「ええ、もったいないなあ！　ほんとに？」

「本当です」

「残念っっっ」

上司はあからさまに肩を落とした。

「もう！　静かにしてください！　恐がってるじゃないですか！」

助手君は自分まで声が大きくなってしまい、慌てて口を押えた。

「すみません。ハードワークでネジが一本飛んじゃってる状態で、誰かに癒してほしいんだと思います」

彼は春菜にペコリと頭を下げると、「でも、もう気が済んだと思うんで、どうぞ仕事に戻ってください」と言ってくれた。

ほっとしてカウンターに帰ってきた春菜を、藤崎が待ち構えていた。

「春菜ちゃん、モテ期到来じゃないの」

「まさか。ないですよ」

「いやいや、絶対来てますって。だって、春菜ちゃんと話してると癒されるって言ってる社員さん、結構いるよ」

藤崎はニッと笑った。自分のモテ期を本気で信じて応援している笑顔だとわかって、春菜はまさかと思いつつも恥ずかしくなった。

「愛よ、愛!」

「はい?」

「日高さんのお客さま愛が、男性たちのハートの真ん中に刺さってるんじゃない? でなければ、あれだね」

「あれ?」

「昔から言うよね。恋は女を綺麗にするって。誰かさんのおかげで美しさに磨きのかかった春菜ちゃんにみんな惹かれるのよ」

藤崎は春菜が恋する相手が誰かを知っている。春菜がその相手とプライベートで会う関係に進んだことも話してあった。恋人よりもランクの低いガールフレンドポジションであるという但し書き付きで。

「惹かれてるのは彼もじゃないかな」

「え……？」

「だって羽柴さん、さっきからあなたのこと気にしてるみたいよ」

春菜の胸がとくんと鳴った。さっきから春菜も羽柴がまだ自分を見ているような感覚を覚えていたのだが、自意識過剰だと思っていた。

「恋愛運、上がってきたみたいね」

「上がってるのかなあ。私はもうあきらめた方がいいかもって迷ってて……」

「ガールフレンドの一人だろうと、あの羽柴さんの目を自分に向けさせたんだもの。そりゃもうアゲアゲでしょ」

藤崎一流の励ましが、迷いと不安でいっぱいに膨らんでいた春菜の心に思いがけず響いた。

「上がってるなら乗らなきゃ損よ。あきらめるのなんて、あなた次第でいつでもできるんだから」

「いつでも……？」

「撤退したくなるまで頑張って、もしもその時がきたらさっさと背中を向けちゃっていいってこと」

「そう……ですよね」

春菜は頷いた。

（あきらめることも逃げ出すことも、私はいつだってできるんだ？）

だったら今は素直な気持ちでいたい。

いずれこの恋が終わってしまうとしても、

(私は自分の気持ちに正直に頑張ったんだ。彼を好きになってよかったって、泣きながらでも思える終わりがいい)

そうする勇気が春菜のなかにゆっくりと降りてきた。

これから羽柴との間に何が起こるかわからないが、そのひとつひとつと心のままに向き合っていこうと春菜は決めた。

「羽柴さん、打ち合わせ終わったみたいよ」

春菜がそちらを見ると、羽柴は綾瀬ともども客を送ってエントランスの方へ出て行くところだった。

(恋も仕事も精いっぱい頑張ろう)

頭も心も切り替えるつもりで、春菜は大きく深呼吸をした。

「片づけてきます」

春菜は羽柴のいたテーブルに向かった。四人分の珈琲カップをトレイに移していると、誰かが近づいてくる気配がした。春菜は目を上げる。

「羽柴さん!」

驚いてつい呼んでしまった。

「忘れ物をした」

「えっ？　そうなんですか？」

春菜は慌てて探した。テーブルの上にはそれらしきものは見当たらなかったので、椅子の上か床にでも落ちたのかと思った。

ふと羽柴との距離が近くなる。

「忘れたのは日高さんへの伝言だ」

耳元で囁かれた。

「片づけの手は止めないで聞いて」

「は、はい」

(え？　なに？　伝言って？)

焦る春菜の手元でカップが音をたてた。羽柴の方は見ずに耳をそばだてる。

「仕事が終わったらどこかこの近くの店に入って待っててくれ」

「はい？」

「もし遅くなっても待ってて」

「……はい」

「私がメールで連絡したら、会社に戻ってくれ。裏口の前で落ち合おう」

「わかりました」

社員の目を気にかけてだろう。秘密めいたやりとりに、春菜の胸は静かに高鳴りはじめる。彼の口調には、NOと言わせない強い響きがあった。でも、だから春菜は断らなかったわけではなかった。彼と正直に向き合っていこうと決めたばかりの春菜が、素直にそうしたいと思ったからだ。

羽柴と会いたかった。

彼と二人きりになりたかった。

彼に名前を呼んでほしかった。

春菜は彼に抱きしめてほしかったし、彼を抱きしめたかった。

夜も九時を回ろうという頃だ。春菜のスマホに待っていた連絡が入ったのは。会社から少し離れたレストランで夕食を取った後、隣のファーストフードショップで時間を潰していた春菜はすぐに飛んで行った。

羽柴と約束した本社の裏口は、清掃やリース関係など業者が利用する出入り口で、普段から社員が使うことはほとんどなかった。

春菜が小走りにやって来ると、すでに扉の前には会いたくて会いたくてしかたなかった人の姿があった。

「行こう」

羽柴に握られた手を、春菜は握り返した。

（えっ？）

そのまま羽柴の車でどこかに移動するものと思っていたのだが、彼はついさっき出てきたばかりの扉を開けて、素早く春菜を引っ張りこんだ。

羽柴が春菜を連れて向かったのは、各階を繋ぐ非常階段だった。やはり社員はめったに使わないその場所を、羽柴は春菜の手を引きグイグイ上っていく。

「残っている社員はいないはずだが、万が一ということもある」

そう声を潜めた彼から、微かな緊張が伝わってきた。

当たり前だが、職場にこっそり女性を招き入れることへの罪悪感があるのだろう。経営者としての立場もある。それ以前に、羽柴はもともとそうしたルール違反に厳しい人間のはずだった。

「あ……っ」

段差に躓《つまず》いて転びそうになった春菜を、たくましい両腕が支えた。

「羽柴さん⁈」

羽柴はもどかしげにそのまま春菜を抱き上げると、自分の足で運びはじめた。

ルールを破ってでもそうせずにはいられないと言わんばかりの強引さが、今夜の羽柴にはあった。

何か激しい感情に追い立てられ、追いつめられてでもいるようだ。

羽柴は最上階の一室の前に春菜を下ろした。

「社長室は下の階にあるんだ。ここは一人になって集中したい時に使っている私専用の書斎みたいなものだ」

羽柴は春菜の肩に手をかけ部屋のなかに引き入れた。

扉が閉まったとたん、春菜は抱きしめられた。

「春菜……」

二人きりの時にだけ、触れ合っている間だけ名前で呼ばれるのが嬉しかった。本当に本物の彼の特別になれた気がして。

微かに乱れた彼の息が近づき、唇が重ねられる。噛みつくような深いキスに、春菜の喉がこくりと鳴った。

「……ん……っ」

彼の舌に掻き回される心地よさに、口のなかが熱くなる。

「ずっとこうしたかった」

甘い言葉がキスの合間に溶けていく。春菜の心も一緒に蕩けさせる。

「今日も君を家に呼べない。でも、もうこれ以上待てなくなった」

「今夜は課外授業を」と、まるでわがままな子供のように羽柴はねだる。「レッスンの続きを」と、春菜の耳元で熱く吐き出す。

春菜は考える前に頷いていた。声に出して答えるかわりに熱い吐息を返した。

羽柴は春菜のジャケットを奪うように脱がせた。

部屋には執務用のデスクと、仮眠もとれるよう用意されたのだろう、群青色の布を張った大きなソファがあった。羽柴は春菜を抱きしめたまま、そのソファに横になった。急ぐ彼の気持ちを教えるように、春菜の背中が乱暴に弾んだ。

「じっとしていて」

キスは唇に軽く留まると、スイと頬に滑った。

彼は愛しいものに触れる優しさで口づけてくれる。

（すごく……幸せ……。気持ちいい……）

恍惚《こうこつ》として閉じた瞼が温かかった。ゆっくりと涙が溜まっていくようだ。

羽柴が身体を起こす気配に目を開くと、自分を見おろす彼の視線とぶつかった。春菜に動くことを許さない強い眼差しだ。

羽柴の指が春菜のブラウスにかかった。クラシカルなレースで飾られた胸もとのボウタイを解く。

「私はプチ・リナリアについての率直な感想を、社員たちに聞いてみた。経営者として知る必要があるからな」

次に彼はボタンをひとつ外した。春菜は動けない。

「好評だったよ。そして、男性社員の何人もが君の存在に癒されると言っていた。綾瀬もそうだ。

君と話していると仕事の疲れを忘れてほっとすると言うんだ。その証拠に、今日もファンの一人にアプローチされてただろう？」

　羽柴の瞳にチラリと春菜を責める色が過った。

「さすがに君は駆け引き上手だ。今も、そして私の知らない昔も、日高春菜に惹かれた男はたくさんいるのに、いないと言って私を振り回す」

　ボタンを下まで外してしまった手が、ブラウスの裾をスカートのなかから引き出した。

　春菜は息をつめ、固く目を閉じた。彼がブラウスの前を大きく開いたからだった。ブラジャーとキャミソールに包まれた胸が、彼の目に映っているはずだった。

「でも君は……」

　大きな手のひらがゆっくりと片方の乳房を布地ごと包み込んだ。

「あ……」

　春菜の身体のなかを、一気に熱いものがかけ巡る。鼓動が跳ね上がった。

「君はこの身体に残るほかの男の記憶を追い出して、私のものにしていいと言った」

「……言いました」

　正直に答え、素直に頷いた春菜に羽柴が心を揺らした気配がして、春菜はふいに抱きしめられた。

「今夜は自分のことはどうでもいいんだ」

　なぜかはわからない。苦しげに耳に届く彼の声が、春菜の胸を切なくする。

「ただ、今はもう君は私のものだと確かめたい」

「羽柴さん……」

「私だけが知っている顔をもっと見せてほしい。もっと知りたい」

羽柴はブラジャーから覗く胸の谷間に手を伸ばす。その控えめな膨らみの形を丸く辿り、指先で押した。

「ここは誰のもの？」

「……あ……あなたの……」

春菜の答えを聞くや、彼は確認の印を押すようにその場所にキスをした。唇を柔らかく押し当てられる。またあの心地よいくすぐったさに襲われる。

「あ……あ……」

零れる息がどんどん乱れていくのを、春菜は止められなかった。

「やぁ……」

下着の上からなのにどうしてこんなに感じてしまうのか。彼のキスは乳房の頂へと少しずつ上っていく。

「……っ」

春菜は一瞬息を止めた。左の乳房の実を、彼がつついたからだ。

「ここは？」

布越しに探られゆっくりと擦られると、また快感が大きくなった。

「誰の？」

「……ん」

「教えてくれ」

「あなたの……。羽柴さ……んの……です」

羽柴は指で悪戯していたそこにまたキスをした。

「春菜……」と名前を呼ぶ、その囁きごと熱い息がかかるのを感じた。

彼はキャミソールをたくしあげると、自分で持っているよう春菜に命じた。

「だって、君の可愛いところを隠してしまったらもったいないだろう」

羽柴は露《あら》わになったブラジャーの前ホックを外した。窮屈さから解放された乳房が弾け零れ落ちるのを感じて、春野の頬が燃えるように熱くなった。

羽柴はさっき春菜が彼のものだと教えた場所に、もう一度確認のキスをした。彼の唇に挫《くじ》かれた乳首は、次には温かく濡れた感触に包まれた。

「ん……っ」

身体中の神経が乳房に集まってきた。彼に乳首を含まれ嬲《なぶ》られているのは、右の乳房。左の乳房は大きな手に捕まって、ひしゃげるほどの力で揉まれている。

（もう……駄目……）

右も左もじんじんと、先端の実を中心に痺《しび》れるほどの快感が湧き上がってくる。とてもじっとしていられなかった。春菜は無意識のうちに何度も腰を振っていた。

キャミソールを下ろしたくなる衝動と、春菜は必死に戦っている。

恥ずかしかった。あなたの好きにしてくださいと、まるで自ら乳房を差し出すような格好をしているのだ。

頬が熱くてたまらない。目を瞑っていてもわかる。見つめる彼の視線を強く感じる。愛撫に嬉々《きき》として応える自分の反応を、羽柴の瞳はひとつ残らず映している。

「……見ないで……」

自分自身にすら隠してきた淫らな姿を知られてしまう。

「どうして？」

「恥ずかしいから」

春菜の訴えを聞いたのに、羽柴はわざと春菜の左右の乳首に音をたててキスをした。口に含んで舌で転がし、春菜を喘《あえ》がせる。

「や、あ……」

春菜は幾度も首を横に振るけれど、彼は手加減もしてくれない。

「私の前でだけはどうなってもいいんだ」

固くなった実はくるくると舐《な》められ濡れていく。

「……待って……待っ……」

悦びが堰《せき》を切って押し寄せてくる。終わりがひたひたと近づいてくる気配がした。それを知ってか知らずか、

「どれだけ乱れても、私の前でだけならいい」

羽柴はそう囁いて、春菜をさらに追いつめる。乳房をその下の鼓動ごと鷲掴《わしづか》みにしていた手が下へと流れた。

（あ……！）

春菜は頭の芯を熱くした。いったい、いつの間にスカートをたくしあげられていたのだろう。腿まで剥《む》き出しになっているのに気づかないほど彼の愛撫に酔っていた自分を知って、春菜はまた羞恥の塊になった。

ショーツをくぐる彼の指にためらいはなかった。それどころか春菜の反応を窺う余裕さえ見せ、熱く火照るその場所にゆっくりと辿り着く。

花弁を分けられ、指で線を引くように掻き回される。

「本当に感じてくれてるんだな」

春菜はもうとっくに蜜で潤みきっていた。

「……んっ」

蜜をすくい上げては滑らかに動き回る愛撫の指に、春菜は何度も呼吸を止めた。そのたびに彼の

背にぎゅっとしがみついた。そうでもしないと大きな声を上げてしまいそうで怖かった。

羽柴は「快感に耐えている春菜が可愛い」と言った。

「どんな顔をしているか、わかるか？」

さっきから羽柴の声音には、何かに酔ってでもいるような陶然とした響きがあった。

「誰にも……、君にも教えたくないな」

自分はどんな表情《かお》をしているのだろう？　愛する人にすべてを委ねて快感を追いかける、幸せに蕩けそうな顔か。それともその幸せに浸りきれない苦痛を抱えた顔か。

春菜も羽柴になら知られてもいい。知ってほしいと思っている。

「……あ」

蜜に埋もれた春菜の入り口に、愛撫の指がぴたりと当てられたのがわかった。春菜は両足の爪先をソファに立てた。

本当にもうぎりぎりなのだ。ズキズキと疼き続けている内側まで蹂躙《じゅうりん》されたら、きっとすぐにでも我慢できなくなってしまうだろう。それなのに……。

「綾瀬にはね。大事な仕事に集中したいから一人にしてくれと言ってあるんだ」

なぜこんな時に綾瀬の名前を出すのか。

「社員が全員帰っても、あいつは別だ。私に何かあれば飛んでこられる場所にいる。君とこんなことをしているところを見られたら困るな」

羽柴は入り口に当てた二本の指にグイと力を入れた。

入ってくる。

春菜は背を浮かせ、喘いだ。

(熱い……)

閉じられていた路を貫いて行く指が、熱のかたまりのようだ。

ゆるゆると抜き差しされると、たちまち堪らない快感が全身に広がっていく。

「ああ……、駄目ぇ」

「もっと駄目になってほしいんだ」

指が大きく、春菜のなかを抉《えぐ》るように動いた。

「や、あ……。そんなにしないで。おかしくなっ……ちゃ……」

綾瀬に見られたら困ると言う人が、激しい愛撫で春菜に声を上げさせる。

「私の指でいきたい?」

春菜は憑《つ》かれたように何度も頷いていた。

「言葉で聞かせてくれ」

「羽柴さんがいい……です。羽柴さんのでいかせて」

内側を強く擦り立てられ、春菜はまた声をあげた。春菜の膝小僧がもどかしげにくっついたり開いたりしている。

「そんなに気持ちいい？」

「ん……っ」

春菜は頷かずにはいられなかった。

「綾瀬にも、ほかの男にも見せつけてやりたい。君がどんな表情をして私に抱かれるのか」

春菜を追いつめる羽柴が覗かせたのは、独占欲だ。春菜を自分一人に縛りつけようとする。普段の冷静沈着な、何にも執着しそうにない彼しか知らない人間には想像もつかないだろう激しい感情をぶつけられ、春菜の胸に込み上げてきたのは……。

誰も見たことがない羽柴を自分だけが知っている喜び。

春菜もこんな彼をほかの誰にも見せたくないと思う。

（羽柴さん！）

昇りつめる瞬間、春菜は羽柴にすがりついていた。いつまでも離さないでと祈る気持ちがそうさせた。

羽柴の部屋にあったジュエリーショップのバッグ。もしかしたら私へのプレゼントかもしれないと、身の程知らずと知りつつも淡い希望を抱いていた。だが、あれから何日も経ったがその気配はなかった。

やはり羽柴には誰か想う人がいるのだろう。彼が私に向けてくれる情熱も優しさも、すべてはその女性《ひと》のもの。私との時間はレッスンに過ぎない。そう思えば春菜は辛い。苦しい。

それでも会えない日が続いてわかったのは、どうやっても彼を想う気持ちは捨てられないこと。そばにいればまるで引力に引かれるかのように惹かれ、何を求められても応えたくなる。出会って一目惚れしたあの時よりも、羽柴への愛ははるかに大きくなっていた。

春菜を動かす源《みなもと》になっている。

(ごめんなさい。最後まで好きにさせてください)

いつまでも羽柴の胸の深くに身を寄せ、顔を埋める春菜から、彼はすぐに離れたりはしなかった。小さく肩を上下させる春菜の呼吸が落ち着くまで、黙って抱きしめていてくれた。


その夜——帰ろうとした春菜を羽柴が呼び止めた。扉のノブにかけた手はそのままに振り向くと、もの言いたげな羽柴と目が合った。

「実は……」

「はい?」

「来週、誕生日なんだ」

「えっ?　そうなんですか?　おめでとうございます」

お祝いの言葉を贈った春菜を、まだ何か言いたげな羽柴が見つめている。二人の間に居心地の悪い沈黙が落ちてきた。

（え……？）

春菜はドキリとした。

（羽柴さん、もしかして照れてる？）

相変わらずの氷の貴公子然とした表情はまるで変わらないのに、春菜には何となく伝わった。そうして、もしかしたら？　と気がついた。

（こういうのって、なんて言って誘えばいいのかな）

春菜は急にドキドキしてきた。春菜も照れ臭さと格闘しつつ、言葉を探した。

「あの……。誕生日って、恋愛上級者には絶対見逃せないイベントですよね」

「そうだろう」

彼がほっとした表情を浮かべたように、春菜には見えた。

「だったら二人で祝うべきじゃないだろうか」

「正解です」

「幸い日曜日だ。しかも仕事の予定も調整可能だ。昼間からデートの時間がとれる。食事をして映画でも観よう」

（デート！）

春菜は心のなかで飛び上がっていた。彼の部屋を出て、堂々と外で会えるのだ。ただそれだけのことが自分でも笑ってしまいたくなるほど春菜には嬉しかった。

レッスンの檻《おり》に囚《とら》われ、ほかの女性の影に怯えて……。身体の芯に凝り固まった痛みを抱えながらも、春菜は一日でも長く羽柴と一緒にいたかった。

第五章　レッスンの終わる日に

春菜は姿見に映った自分の姿に少し気恥ずかしさは覚えるものの、とてもわくわくした気分になれた。

首回りがふんわりとした明るいグレーのタートルネックは、あの桜色のワンピースに続いてかなりの冒険だと思う。

ずいぶん長い間、身体の線を拾うデザインの服は避けてきた。どこか少女めいた幼さが残るものにばかり手が伸びたのは、今まで周りにいた男の子たちも、初めての彼も、それが春菜のイメージだと言ったからだ。自分に成熟した女としての魅力があるとは思えなかった春菜は、冒険しようという気にすらなれなかった。

変えてくれたのは羽柴だ。どうしても欲しくて買ったのに一度も袖を通していなかったワンピースを、最初に似合うと褒めてくれたのが彼だ。

「君はこうして私の腕で隠してしまえそうなほど可愛いのに、大人の女としての魅力もある」

抱きしめ囁いてくれた彼の言葉が、春菜の心に深く染み込み、眠っていた自信の種を芽吹かせてくれた。

ふふふと、自然と口元が綻ぶ。

柔らかなオーガンジーのスカートは、彼も気に入っている淡いピンク色。

春菜は誰も見ていないことを確かめてから、ちょっと気取ってひと回りしてみる。鏡のなかでスカートは大輪の花のように開いた。眺めているだけで、デートをする前から楽しい気分になってくる。

(アドバイスを頼まれたのは私の方なのにな。私が彼にカウンセリングをしてもらった気分。今までよりも少しだけ……、ううん、ずっと前向きで強い自分に変えてもらったの)

春菜は考える。

自分も少しは彼の役に立てているだろうか？

羽柴との間のあれやこれやがレッスンになっているかどうかは、正直よくわからない。

羽柴に求められるまま必死に応えてきたけれど、伝わっているだろうか？　本当は彼にレッスンなど必要ないのだと。

私が私のままでいいとあなたが教えてくれたように、あなたはあなたのままでいいのだと気づいてくれただろうか？

(言葉で伝えてみようかな。あなたがそうしてくれたみたいに)

もしも今日チャンスがあったら絶対に伝えようと——春菜はその日、小さな決意を胸に羽柴と待ち合わせた場所に向かった。

羽柴の生まれたのは、にぎやかな師走を翌月に控え、嵐の前の静けさのように落ち着いた季節だった。

銀杏並木《いちょう》が透明な日を浴び、ビル群のなかにあっていっそう鮮やかに黄金のベールを纏《まと》っている。春菜は足元に落ちた扇形の葉を眺めていた。どの一枚もベストポジションに収まって見えた。まるでアスファルトの地にプリントされた秋物の柄だ。

「綺麗《きれい》……」

しばらく見とれていた視線を上げると、広い遊歩道の向こうから銀杏などよりよほど目を引く彼らがやって来た。

無地のシャツにテーパードパンツ、ジャケットの組み合わせはよく見るもので、とりたてて個性的なわけではない。ただし、着る人間が特別だと印象もまるで違ってくる。

(わぁ。二人ともパリコレのモデルみたい)

よく晴れた日曜日の昼時だった。

歩道はランウェイに、銀杏の黄色はスポットライトに変わる。

彼らの放つオーラに行き交う人々も圧倒され、モーゼの海割り現象が起きている。

(ん？　二人？)

なぜ二人？

春菜と目が合った綾瀬が軽く手を上げた。

羽柴はボディーガード同伴だった。

（羽柴さんが抱えてる事情を考えたら、当然よね。舞い上がってて忘れてた）

春菜は正直がっかりしたが、納得もしていた。だが、意外なことに当の羽柴はそうではないらしい。

綾瀬と三人で入った和食処《どころ》で、季節限定ランチを口に運ぶ羽柴の横顔は恐ろしく不機嫌だった。

一見普段と変わらない冷たく凪《な》いだ表情を、薄く不快の膜が覆っている。春菜が気づいているぐらいだから綾瀬も当然察しているはずだが、彼の方には心苦しく思っている様子はまるでなかった。

「ごめんね、日高さん。羽柴が一昨日自転車に轢かれそうなったものだから、俺としても警戒を強めているわけ」

骨だけが綺麗に残ったきんきの煮つけを前に、綾瀬がトレードマークのからりと明るい笑顔を見せた。彼はテーブルを挟んで羽柴の向かいに、春菜は羽柴と並んで座っている。

「以前の轢き逃げ未遂も故意かどうかはわからないが、今回のは単なる事故じゃないか？」と羽柴が箸を止めた。

「自転車では車ほどのダメージは期待できないだろう？　凶器としてのグレードが違う」

「わからないぞ。自転車での死亡事故もゼロじゃない」

羽柴が今日の記念にと連れてきてくれたのは、和食好きの春菜のためにわざわざ調べて選んでくれた店だった。春菜が気軽に暖簾《のれん》をくぐれそうにない老舗高級店だ。

「羽柴さんの身の安全を考えたら、しっかりガードしてもらった方がいいですよね」

気まずい雰囲気に邪魔をされ、せっかくの食事に集中できない春菜は、場をとりなすように言った。

「羽柴君ねぇ。君は昔っからルールは何があっても守りたい人間なのに、今回はどうなの？　らしくない油断をしてないか？」

「してない。むしろ彼女が一緒なんだ。油断どころかいつも以上に警戒のアンテナは張っている。昔からルール破りが得意なお前とは違う」

羽柴は箸を置くと綾瀬に向き直った。

「良い機会だから言っておく。社内での女性関係は自重しろ」

「してるだろ。仕事先で何をすればクビになるかぐらいわかってるつもりだ。俺もそこまで馬鹿じゃない。ただ――」

「ただ？」

「お茶に誘ってくれる女の子たちに応えるぐらいは許してほしいな。会社の外で会うわけじゃなし、ちょっとした隙間時間に彼女たちとデスクでおしゃべりするのはいいだろう。俺みたいな仕事の場合、周囲との意思疎通を図っておくと、いざという時役に立つんだ」

「いや駄目だ。控えろ。お前のその八方美人な笑顔を真に受ける女性だっているんだ。仕事が手につかなくなるかもしれない」

「どうしろと？　お面でも被ってろって？」

「いいアイデアだな」

「仮面のボディーガードか？　アメコミのヒーローでもあるまいし」

二人のやりとりを聞いていた春菜は、ああそうかとほっとしていた。

この場の気まずい雰囲気は、二人にとって悪いものではないのだ。むしろ羽柴と綾瀬の、二人だからこそ結べる良好な関係を象徴している。

羽柴がらしくない文句や愚痴をぶつけられる、わがままと知っていてそれを口できる相手が綾瀬なのだ。綾瀬もわかっていて応戦している。互いに子供っぽいジョークも飛ばせる。

『あいつはすごいやつだよ』

羽柴の手の傷について教えてくれた車のなかで、心の底から溢れたような綾瀬の言葉を春菜は思い出していた。あの時は綾瀬の羽柴への揺るがぬ信頼を感じたが、今は羽柴が綾瀬を信じる強い気持ちを感じている。

「なんだか羨ましいな。羽柴さんも綾瀬さんも、お互いがお互いに一番に気を許してるんですね」

ついまた口を挟んでしまった春菜だったが、同時にこちらを向いた彼らのどちらも否定しないのが面白かった。

食事が終わり、三人でレジに向かった。

会計を済ませた後、綾瀬はクロークで羽柴の分と一緒に貴重品やコートの返却手続きをしていた。先に支度を整えた春菜が待っていると、羽柴が隣にやってきた。

「その靴、今日の服によく似合ってる」

「ありがとうございます」

特別な日にだけ履くと決めている一足だ。スモーキーカラーのピンクは良い感じにくすみがかって、可愛いらしすぎないのがお気に入りだった。

「ヒールが普段よりも高いみたいだが」

「はい。ちょっとだけ背伸びしました」

「そうは見えない」

「褒めてくださってるんですか？」

「もちろん」

彼は少しだけ身を屈めると、春菜の耳元でこそっと聞いた。

「その靴で走れる？」

不思議そうに羽柴を見上げた春菜に、彼は小さく目配せをした。

昭和レトロな旅館風の引き戸を引いて外に出たところで、羽柴が「あっ」と足を止めた。綾瀬を振り返る。

「ハンカチを忘れてきた。悪いが取ってきてくれないか」

羽柴は綾瀬に頼んだ。

「三人でぞろぞろ引き返すのもなんだしな。ハンカチは彼女からのプレゼントなんだ。気がついてよかった」

（ハンカチ？）

春菜に覚えはなかった。

綾瀬は周囲にチェックの視線を巡らせる。

「まあ、昼間で人通りもあるから大丈夫だとは思うが」

「彼女のそばには私がいたいんだ。一人にするのは心配だからな」

「わかった。待ってろ」

綾瀬の姿が引き戸の向こうに消えた、と同時に羽柴が春菜の手を握った。

「走れ！」

春菜は羽柴に引かれるままに駈《か》けだした。弾みで落としそうになったハンドバッグと、彼への誕生日プレゼントをしっかり抱えて。


あれは何と言うタイトルだったか。

母親の好きな古いロマンス映画に、手に手を取って逃避行するカップルの物語があった。追われ続ける境遇は不幸なのに、世間から身を隠し、二人きりで逃げる彼らは羨ましいぐらい幸せそうだった。

都心の人ごみのなか、羽柴と見知らぬ路《みち》を走っている時、春菜には主人公たちの気持ちがよくわかった。お互い相手しかいない、追いつめられてこの世界に自分たちは二人きりだという絶望感が、大きな幸せを目覚めさせていた。二人にしか辿《たど》りつけない未来に向かって疾走している気分になった。

ヒーローは羽柴で、今だけはヒロインは自分で。

春菜の胸を弾ませているドキドキもわくわくも本物だった。

「こっちだ！」

二人して雑居ビルの裏手の細い路地に飛び込んだ。羽柴はようやく足を止めた。

綾瀬が追いかけてくる様子はなかった。左右に人影のないその場所で、羽柴はビルの壁に長身の背中を預けた。肩で息をしていると思ったら、突然ははははと声を上げて笑いだした。

「ああ、面白かった！」

（笑ってる）

春菜は乱れた息を継ぐのも忘れて、見入ってしまった。

(羽柴さんが笑ってる。私の前であんなふうに笑ってくれてる)

その朗らかで楽しげな笑顔を見た瞬間、春菜は思った。偽物の彼女を演じてでも彼との時間を選んで良かったと、心から思えた。

(彼を好きになってよかった)

羽柴が春菜を見た。彼の瞳にも、笑顔と同じ明るさが広がっていた。

「私は確かに決まり事には従う主義だ。だが、今日だけは破りたくなった。どうしても日高さんと二人だけで誕生日を祝いたかった」

「羽柴さん……」

(本当ですか？)

確かめたいけれど、春菜は胸がつまって言葉が出てこない。

羽柴は大きく息をつくと、壁に背を預けたままその場にゆっくりと座り込んだ。今まで身体中に巻きついていた糸が解けでもしたようだ。

「私はいろいろな鎧《よろい》をつけていたんだな」

「鎧ですか？」

春菜はコートが汚れるのもかまわず、羽柴の隣にしゃがんだ。

「世間という名の鎧。大人の鎧。経営者としての鎧も、今の私には強力だな。鎧を脱ぐのはルール違反かもしれないが、めちゃくちゃをしてみたい日がたまにあったっていい。そうでなくては人生は楽しくない」

羽柴と目が合った。

「それを体験させてくれたのが君だ」

「私は何も……」

彼の真っ直ぐな眼差しが眩《まぶ》しくて、春菜は俯いてしまいそうだ。

「鎧を脱いだ羽柴さんをみんなが知ったら、今よりもっともてちゃうでしょうね。女性にも男性にも」

今日、彼にどうしても伝えたかったことが、喉のすぐ向こうまで込み上げていた。

「レッスンの最初にあなたは相手に良い印象を持たれないと言ったけど、気にしなくても大丈夫です。第一印象が怖くても、あなたに近づきたい、あなたと仲良くなりたいって憧れてる女性はたくさんいるんです。レッスンで私と過ごしたみたいに二人の時間を重ねれば、きっとその人にも見えてくるはずです。ルックス以外にもたくさんある羽柴浩市の魅力が伝わるはず。今までの恋人が離れていったのは、あなたの方が先にあきらめて、向き合うのをやめてしまったからではないですか」

彼女たちの誰も、今日のこの笑顔を見られなかったのだろうか。

「その手の傷も……」

羽柴の目がふっと大きくなった。

「傷を負った事情は綾瀬さんに聞きました。羽柴さんは容姿が人の何倍も整っているだけに余計に目立つんでしょうね。きっとその人は……、あなたと一緒にいる時間が長くなるにつれ、傷のことをもっと気にかけるようになるんじゃないのかな。けれど、それは悪いことではありません。羽柴さんが傷に抱いている様々な思いを自分も一緒に引き受けたい。そんな愛情の表われだと思うから」

春菜は知らず知らずに、羽柴と『その人』について話していた。彼と、彼が秘かに想いを懸けている誰かとのこれからについて考えていた。

「なんか偉そうに……、ごめんなさい」

春菜は束の間伏せてしまった目を思い切って上げた。じっと耳を傾けてくれていた彼ともう一度見つめ合う。

「でも私はレッスンを通してあなたにそのことが伝わればいいなと、ずっと思っていました」

「十分伝わったよ」

羽柴の差し出した手の上に、春菜はためらいながら自分の手をのせた。

「ありがとう」

そう言ってくれた羽柴の唇には、春菜も、そしてたぶん『その人』も、どんな女性も惹かれずにはいられない優しい笑みが浮かんでいた。

羽柴は春菜の手を引き、二人で立ち上がった。

「日高さん」

春菜の手を握る彼の手に力が入った。

「レッスンはまだ終わりじゃないよな」

「え……」

「私が今夜終わらせたいと言ったらどうする？」

春菜は胸もとに目を落とした。自分の心のなかを覗いている。

何をもって終わりとするのか、春菜は知っているつもりだ。

一夜だけすべてを彼に許して、彼のものになるのだ。

(そうしたらきっと、この関係も終わってしまう)

春菜は終わらせたくない。見知らぬ女性の存在に追いつめられても、辛くても、終わらせたくない。レッスンを続けたい。

だが、彼に早く抱かれたい。彼のものになりたい衝動も真実だった。

羽柴が春菜の手をまた強く握りしめた。

「日高さん。デートの後は私の部屋に寄ってくれる？」

「……はい」

春菜は身体の芯まで熱くするその衝動に逆らわなかった。

「こうまでされちゃ、二人の邪魔をするわけにもいかないだろう。しかたないな。誕生日プレゼントとして、今日だけ特別に解放してやる。感謝しろよな」

このままほったらかしにするのも大人げないと綾瀬に断りの電話を入れた羽柴に、スマホの向こうからは呆れた声が返ってきたという。

晴れて自由の身になった二人は、羽柴の提案でショッピングを楽しんだ後、映画を観ることにした。

最初のうち春菜は、羽柴に集まる周囲の視線に気後れしてしまい、どことなく言動がぎこちなくなった。だが、やがてその羽柴の目に自分だけが映っていることに気づくと、春菜もまた彼しか目に入らなくなっていた。

春菜には、本当に夢のように楽しい時間のはじまりだった。

――彼につき合って入ったメンズセレクトショップで。

羽柴が商品を手にとる様子を見ていた春菜は、たとえば色やデザイン、素材や造る工程など、彼が身の回りのものに自分なりのこだわりを持っていることを知った。

「私のプレゼント、羽柴さんのお眼鏡にかなうか心配になってきました」

「何をもらえるのかな」

「ネクタイです。月並みかもしれないけれど、私的には納得のプレゼントなんです。だって羽柴さん、すごくスーツが似合ってカッコいいでしょう」

羽柴は「ありがとう」と礼を言ってから、ふと考え込んだ。

「どうかしました？」

「スーツが似合う？」

「はい。私が知っている男の人のなかで一番似合います」

「カッコいいって？」

「はい！」

「綾瀬よりも？」

「え？」

（なんでここで綾瀬さん？）

春菜は戸惑いつつも、大きく頷いた。すると彼は「スーツを着てくれば良かったかな」と呟いたのだ。

「そんな……。スーツじゃなくたってカッコいいです。今日の服も似合ってますから。待ち合わせの場所に現われた時は、見とれてしまったぐらい」

慌ててフォローした春菜だったが、

「君が見とれてくれたのならいいか」

そう言って視線を逸らした彼にドキリとした。少しバツが悪そうな、でも嬉しそうな表情は、春菜が初めて見つけたものだった。

——スポーツジムのＣＭが流れる交差点の大型モニターの下で。

「羽柴さんは今も何かスポーツをやってるんですか？　私のピンチを助けてくれた時、ボディーガードの仕事もこなせそうなぐらい強かったですよね。動きが素人に見えなかった」

「時間がとれないのもあって昔ほど熱心じゃないが、運動は継続している」

聞けばジムに定期的に通う時間的な余裕がないので、自宅に筋トレ部屋があるという。

春菜が綾瀬の家だと教えられた豪邸は、実は羽柴の家だったわけで。あの頑丈な塀に囲まれた広い家には、そうした娯楽や趣味のための部屋がほかにもあるそうだ。

ちなみに護衛契約の期間中、綾瀬が常駐しているのは、母屋に二つある客間のひとつだった。

「ひと昔前の米国では、太っている人間は経営者失格と言われていた。自分の体重すらコントロールできない人間に高度な仕事は難しいということだろうが、私は健康でなければ自分の力を最大限に発揮できないという意味で、体重や筋力の管理を心がけている」

「太った羽柴さんって想像できないな」

「私は見たぞ」

「ええ？」

「夢に出てきたんだ」

「夢に？　太ったあなたが？」

「道を転がっていけそうなぐらい顔も身体も丸々としていた」

春菜はその光景を思い浮かべて笑ってしまったが、羽柴の方は真剣そのものだった。

どうやら夢に見るほど体重増加を本気で恐れているらしいその表情は、彼にしてみれば自分の臆病な一面を晒すようで、あまり人には見られたくないものに違いない。

（楽しい）

春菜は今まで知らなかった羽柴の表情をひとつ、またひとつと発見するのが本当に楽しかった。

あの花火のようにパッと咲いた笑顔をきっかけに、羽柴の身体の深いところで塞《せ》き止められていた感情の流れがゆるやかに動き出したように見えた。


順調だったデートが予想外のアクシデントに見舞われたのは、映画館のなかでだった。

スクリーンには春菜の見たかったロマンチック・コメディがかかっていた。

ヒロインがついに愛する人と結ばれる物語のクライマックスだった。

春菜の手は、映画のなかのイケメン主人公よりもはるかにカッコいい羽柴の手のなかに。恋人同士がするようにごく自然な動作で手を握られて、いつの間にやら春菜は映画どころではなくなっていたのだが――。

（んっ？）

春菜は繋がれた二人の手を見た。

（やっぱりそうだ。羽柴さんの手、熱い）

実は今日、手を繋いで走っていた時から何となく感じてはいたのだ。でも、気のせいで片づけていた。熱いのはきっと自分の手だ。初めてのお外デートに興奮しているせいで、体温まで上がっているのだと思っていた。

今はどちらの手が熱いのか、はっきりとわかる。

（……ということは？　そうか。熱が上がってきたんだ！）

春菜は映画が終わってすぐ彼の体調を気遣った。春菜に言われて自覚したらしい羽柴は、明るいところで見ると映画館に入る前にはなかった赤味が薄く頬に差していた。目つきも熱を含んで少し潤んでいるようだ。

「病院に行きましょう」

春菜は羽柴の手を引いた。

「いや、いい」と引っ張り返される。

「仕事に追い回されてるせいだろう。今日のために少々無茶をした自覚もあるし。疲れが出ただけだ。これぐらいの熱、すぐに下がる」

「甘くみたら駄目ですよ。病院が嫌なら、家に帰って薬を飲んでおとなしく休んでください」

「せっかくのデートなのに」

「ついさっき経営者は健康管理が大事だって教えてくれたのは、羽柴さんでしょう」

「次はいつ時間がとれるかわからないのに」

なんだかわがままを言う子供みたいな口調になっている。

「私が送っていきます。夕食には何か、消化のいいものを作りますね」

「日高さんが看病に来てくれるのか?」

「羽柴さんさえよければ」

「それなら帰ってもいい」

春菜は彼に隠れてクスリと笑ってしまった。満足そうに胸を張る羽柴は、また春菜の前で誰もがめったにお目にかからないだろう顔を覗かせている。

羽柴の家に向かうタクシーのなかで、今度は春菜が綾瀬に電話を入れた。念のため彼には報《しら》せておいた方がいいと思ったからだ。

「日高さんが一緒なら安心だな」

事情を聞いた綾瀬はそう言ってくれた。

「羽柴さんが眠ったら帰るつもりです。もし、明日になっても調子が悪いようなら、病院に強制連行してください」

「わかった。ところで、ここまでのところ何も問題はない? 危険な目にあったりはしてない?」

「はい。大丈夫です。羽柴さんは無事です」

「あいつこそアメコミ・ヒーローなみに強いからね。心配は心配だけど、ほかの警護対象者とは違って根っこのところでは安心してるんだ」

羽柴への信頼を口にする綾瀬に、

『あいつはすごいやつだよ』

なぜだろう。春菜はまた、以前そう話してくれた彼を思い出していた。そうだ。あの時の綾瀬からは、いつもとは違う何か特別な感情が見えた。あれは決して明るいものではなかった気がする。

だが、春菜の頭を掠めた小さな引っ掛かりは、

「大丈夫。もし何かあった時はね。あいつ、自分のことは二の次に君を守るよ。熱なんかものともせずにね」

綾瀬の一言に押しやられた。

「羽柴も言ってただろう。日高さんと一緒にいた方が警戒心が余計に働く、ガードも完璧になるって。まだ高校生で、ガールフレンドでもなんでもない相手を身を挺《てい》して庇ったあいつだ。好きな子ならなおさらね。本気度が違うよ」

春菜の胸が疼いた。

(好きな子なんて……)

綾瀬はレッスン前提の交際を知らないから、そんなふうに言う。

（でも、誰かの目にそう映っているなら嬉しい）

レッスン彼女でしかない胸の痛みはズキズキ大きくなる一方だけれど、春菜は逃げ出したいとは思わなかった。


春菜が夜毎招かれていた離れの部屋は、実際は羽柴の第二の自室だそうだ。オンとオフを上手《うま》く切り替えられるよう、オフの日を多く過ごす場所だと説明してくれた。室内がすっきりとして物があまりなかったのは、仕事や多忙な日常を思い起こさせるものをできるだけ持ち込まないようにしているからだった。

「君がそばにいてくれるとわかって気が緩んだかな。急に身体がだるくなってきた」

昼食の時ほど食欲もないという羽柴に春菜が作ったのは、温かいうどんだった。母屋のキッチンを借りた。綾瀬と電話で話をした時、自称自炊派の彼が冷蔵庫にあるものは何でも使っていいと許可をくれた。

見るからに高価&高性能の炊飯器もあったので、翌日のためのおかゆも炊いた。浅漬けと具だくさんの味噌汁も用意した。

春菜に呼ばれダイニングのテーブルについた羽柴は、ふと気づいたように目を上げた。

「綾瀬は？　帰ってないのか？」

「はい」

「電話では何か言ってた？」

「人と会う約束があるから帰宅は少し遅くなるかもしれないそうです」

羽柴は一瞬怪訝な顔つきになった。

「珍しいな。私が在宅している間はよほどのことがない限り、あいつも母屋で待機のはずなんだが」

「今夜の約束というのが、お仕事がらみのよほど特別な事情があるんじゃないですか」

春菜は羽柴の前に湯気の立つどんぶりを置いた。考え込んでいた彼の視線が、柔らかそうに茹《ゆ》だったうどんに向いた。すぐに箸を手に取る。

（口にあうかな？）

秘かに心配している春菜の前で、羽柴はひと口食べてすぐ「美味《うま》い」と言ってくれた。それきり彼は、綾瀬のことは忘れたように箸を動かしはじめた。

「無理して全部食べないでくださいね。体調がこれ以上悪くなっては困るので」

「悪くなるのはいいんだ」

「どうしてですか？」

「病人でいれば、君はここにいてくれるんだろう？」

「……」

羽柴はまた、らしくもないわがままなことを言う。

春菜は返事につまってしまった。


発熱のせいなのだ、きっと。羽柴の様子がおかしいのは。三十歳の誕生日を迎えた今日、初めて熱を出したせいに違いない——。

食事が終わった後、薬を飲んだ羽柴は離れのベッドに横になった。

「明日メールしますね。どんな具合か教えてください」

春菜はいったんはベッドを離れたのだ。それなのに扉を出ようとしたところで呼び止められた。戻って来いと手招かれる。急に羽柴が起き上がったので、

「どうしました？」

心配になって走り寄ったところ、春菜は腕を引かれてベッドに腰掛けさせられてしまった。

「眠くない」

「でも、身体のためにも眠らないと……」

「キスしてくれないか？」

病人にそんなことをねだられるとは思ってもみなかった春菜は、びっくりした。

「君がしてくれたら眠れる気がする」

「そんな……」

「絶対眠れる」

断言する羽柴は、自分からは動こうとしない。春菜がしてくれるのを待っている。

「……わかりました……」

春菜が思い切って顔を寄せると、羽柴は素直に目を閉じた。

すっきりと結ばれた形の良い唇に、そろりと唇を重ねる。情熱に駆られてするキスとは違って、勢いに乗れない分だけ緊張する。たちまち熱いものが頬に上ってきた。

そうやってただじっと触れ合っているだけの、でも、唇を通して互いの体温をゆっくりと感じられるキスが終わると、羽柴はもう一度とねだった。

「早く眠った方が……」

「もう一度だ」

「……はい」

春菜はおずおずと再び唇を重ねた。と……、羽柴は抱いていた春菜の肩を強く引き寄せた。弾みで二人の唇が解けて深く交わる。

「……ん」

喉が鳴るほどのキスの甘さは、じわじわと春菜の理性を侵していく。春菜は「もっと」と三度目のキスを求められても、ベッドの上に引き上げられ押し倒されても、彼の唇を拒むことができなかった。

（ああ……）

春菜は彼の下で身を震わせている。

（どうして？　身体中がふわふわする。気持ちがいい）

春菜の唇を吸う唇が、春菜の舌を追いかけ絡まる舌が、身体中どこもかしこも愛撫しているようだ。頬にもうなじにも乳房にも、春菜はあちこちに優しく撫で回すすぐったいものを感じていた。

「……ん」

もう何度目かも数えられないほど続くキスとキスの合間に、春菜は小さく声を上げていた。

吐息まじりの甘えた声だ。春菜には、あなたにキスをしてもらって嬉しい、幸せですと、自分の想いが恥ずかしいぐらい滲んで聞こえた。

「春菜？」

春菜は羽柴に呼ばれるまで、唇が解放されたことにも気づかなかった。

「春菜……」

羽柴の熱い息が頬を掠めて、彼は春菜と額を合わせた。

間近に彼の顔があった。

微かに眉を寄せ、じっと目を閉じている。

「キスだけで勃った」

ストレートな告白に春菜の心臓が飛び上がる。

「こっちの熱はそう簡単に引いてくれそうにないな」

彼は目を開いて、「春菜は？」と聞いた。

熱を含んだ彼の視線と春菜の視線が絡まる。

「君も私と同じだったらいいのに」

春菜を見つめたまま、羽柴の手は質問の答えを知るため、下へと動いた。春菜のスカートの上からそっとその場所に触れた。

「……っ」

花の合わせ目の、短い溝に沿って探られ、春菜は思わず零れそうになった声を呑み込む。その顔を見れば、春菜が羽柴と同じかどうかなど、簡単に知られてしまっただろう。

羽柴は春菜を抱きしめた。春菜の肩に顔を埋める。

「君のなかに入りたい」

またもストレートな台詞で求められ、春菜の鼓動は跳ね上がった。春菜はとっさに返事ができなかったが、思いはひとつだった。彼を迎え入れたい気持ちでいっぱいだった。

「でも、今夜は駄目だな」

羽柴は、抱きしめ返す春菜の腕のなかで肩を落とした。

「こんな半病人の時にするのはもったいない」

「そう……ですね」

春菜も羽柴とそろって熱いため息をついた。

(だって最初で最後なんだもの。レッスンを終わらせるんだもの)

羽柴とちゃんと向き合える時がいい。

(そうでなくちゃ、告白もできない)


告白しよう。最後に私の気持ちを伝えて、ふられるんだ。


春菜はいつの間にかその決意を固めていた。

羽柴は動かなかった。春菜を抱きしめたまま、離そうとしない。二人の呼吸がひとつに溶けてゆく。

(身体が熱いよ)

羽柴の身体も熱かった。彼の言う、なかなか引いてくれそうにない熱が暴れているのだろう。強く押しつけられた彼の昂りが、春菜に教えている。

愛する人が堪らなく愛おしかった。いつまでも抱きしめていてあげたい、守ってあげたいと、春菜も羽柴の背に回した両手に力を込めた。

「眠れませんか？」

「ああ……」

「……あの……羽柴さん……」

「うん？」

「私が……で……しょうか？」

最初、春菜の提案は羽柴の耳に届かなかった。蚊の鳴くような声に羽柴は聞き返す。

「私が手でしましょうか？」

もう一度、今度は勇気を奮い起こした口調で言われて、彼は身体を起こした。明らかに戸惑っている。

「無理だろう。君みたいな人がそんなエロいことを」

「無理じゃありません」

ここまできたら春菜も引けない。

「私はじ……上級者です。だからエロいこともできるんです。なんなら誕生日プレゼントのおまけとして」

「おまけ？」

羽柴はふいに顔を背けた。表情《かお》は見えないが、たぶん笑っている。

「ひどいです。私は真剣に……！　だって羽柴さんに少しでも早く休んでほしいから」

たぶん自分の顔は真っ赤になっているだろうが、春菜は頑張った。羞恥心はまるめてどこかに蹴飛ばした。

「悪い。そうじゃないんだ」

春菜に戻ってきた視線はやはり微笑っていたが、とても優しいものだった。

「楽しいんだ」

「え……」

「君とだとセックスもこんな楽しい気分になれるんだな」

羽柴は春菜の髪に手をやった。またあの大切なものを慈しむ手つきで触れられる。

春菜は思った。出会った日にはもう欲しいと願っていた彼の優しい眼差しを、今夜の自分は独り占めしているのかもしれない。

「欲望に追い立てられてとか、場の空気を読んでとか、単にノリだけだったり。私が今まで経験してきたのは、心を置いてきぼりにした貧しいセックスばかりだった気がする」

春菜の髪を撫でていた手が、頬に触れている。

「春菜とのセックスはコミュニケーションだから、今日はどうしようか、お互いどうしたいのか相談するのは楽しい」

彼のキスが頬に落ちてくる。唇はするりと耳に流れて、彼が囁いた。

「じゃあ、この前みたいにしようか？」

羽柴は、春菜が綾瀬の運転で彼の部屋を訪れた夜のことを言っている。綾瀬への必要のないライバルも心を燃やした羽柴との疑似セックスは、春菜の心にも、身体の上にも色濃く記憶を残していた。

「二人の心を合わせるだけでも気持ちよかっただろう?」

「……はい」

「私も快かった。一人でする時も思い出しているぐらいだ」

今夜は自分を困らせることばかり言う彼を、春菜は奪って独り占めする強さで抱きしめていた。


(恥ずかしい。恥ずかしいけど……どうしよう、すごく幸せだ)

春菜はベッドの足元に落ちた自分のショーツから目を逸らした。傍らには彼の脱ぎ落としたパジャマのズボンと下着も落ちている。

春菜が服を脱ごうとしたら、彼が言ったのだ。「そのままでいい」と。

理由を聞くと、タートルネックのセーターが君に似合ってそそられるからだと答えられ、春菜は頬を熱くした。

枕をして横になった羽柴は、春菜に自分の上に乗るよう言った。「病人を気遣ってくれる君なら、リードしてくれるだろう?」などと、甘える様子まで見せて。

(羽柴さんはずるい)

春菜の羞恥は膨らむ一方だが、でも逃げ出したいとは少しも思わないのだ。

「……ん」

春菜は、もはや乱れはじめた息を呑み込む。思い切って羽柴の半身を跨《また》いだものの、腰は浮かせたままだった。やり場に困った両手をおずおずと彼の胸についた。筋肉が薄く盛り上がったたくましい手触りに、鼓動はうるさいぐらい走ってしまう。

「春菜……」

春菜のためらいを溶かす指が伸びてきた。

(……あ)

彼の顔をまともに見られない春菜は、慌てて目を閉じた。

羽柴の指がセーターの胸に浮き出た乳房の形を確かめている。裾野の輪郭を丸く辿っては頂へと撫で上げ、緊張に結ばれた春菜の唇が綻ぶのを待っている。

「あ……やぁ」

声が溢れるのに時間はかからなかった。

「ん……」

双つの乳房を大きく回すように揉まれると、背中に甘い痺れが広がった。先端の実を左右一緒に強く押されて、

「ん……っ」

快感は一気に膨れ上がった。春菜はもどかしかった。じっとしていられないぐらい気持ちがいいのに、あと少しが足りなくて焦《じ》れったかった。

「羽……柴さ……ん」

彼を呼ぶ声にも、ねだる甘えが溶けている。

春菜のウエストを滑り落ちた両手が腰のラインを撫で上げては撫で下ろし、行ったり来たりしはじめた。その手はやがて後ろに回った。

「あ……ん……」

今度は背骨の付け根やお尻のあたりを撫で回され、全身に散っていた快感が集まってくるのを感じた。下半身がぐずぐずに蕩けてしまいそうだ。

でも……。それでもまだ春菜は満たされないのだ。今夜は最後までしないと二人で決めたのに。いつの間にか春菜は、自分勝手にもっともっと悶《もだ》える淫らな春菜になっていた。こんなAVめいたシチュエーションでも、羽柴が望めば夜のオフィスでも、いつ綾瀬に見られるかもしれない場所でも、彼の思うがままに触れられ揺さぶられ春菜は激しく喘ぐのだ。

羽柴が春菜を変えた。

「もうできる？」

羽柴は春菜が自ら欲しがるのを待っている。リードする準備ができるのを待っている。

「私の方はとっくに我慢がきかなくなってる」

彼の息も速くなっているのが嬉しかった。上手くリードする自信はなくても、先へ進む気持ちは溢れるほどにあった。

春菜は静かに腰を落とした。ゆっくりと押し倒した羽柴の分身は、抱きしめあっていた時よりも張りつめ、大きく育っていた。そして春菜も……。

「すごく濡れてるね」

一瞬、羽柴が腰を浮かして、自分を春菜に擦りつけるように動かした。

「春菜……」

彼の胸についた春菜の手に、先を促す彼の手が重ねられた。

「春菜の好きに動いて」

顔もあげられない春菜は、返事のかわりに彼に強く自分を重ねた。そうして下半身をスライドさせたとたん、欲しかった刺激を与えられ秘花がズキンと疼いた。

「……んっ」

濡れた秘花を彼の上で滑らせる。前へ後ろへと繰り返しているうち花弁は分けられ、短い割れ目は新しい蜜に塗れた。

(気持ちい……)

羞恥心のかたまりになりながらも、春菜は止められなかった。快感を追いかけ、勝手に腰が動いた。

「ああ……っ」

羽柴の分身のたくましさを味わう。彼の腹の上に広がったスカートで淫らな自分を隠して、夢中になっている。

「快いよ、春菜」

「……羽柴さ……」

「そんなにいじめられると、すぐに終わってしまいそうだ」

羽柴は「春菜も？」と聞いた。春菜は熱い吐息と一緒に「はい」と答える。

（もう……）

もうすぐそこに終わりが見えていた。快感の波が高みに向かってどんどん昇っていくのを怖いほど感じる。それでもまだ春菜のなかにあのもどかしさは……、物足りなさは意地悪く燻《くすぶ》り続けていた。

それまで春菜にすべてを委ねていた羽柴が、ふいに身動《みじろ》いだ。頭を上げ両手で春菜の腰を固定したかと思うと、

「こうするともっと快い？」

そう言って下半身を揺すり上げた。

ひゅっと春菜の喉が鳴った。彼の張り出した先端が、春菜の花芽を突いたのだ。

「あ……あ」

蜜に濡れそぼち、神経の塊のように敏感になったボタンは、彼が動くたびに強く押された。繰り

返し何度も何度も。

「駄目……、いっ……ちゃ……」

膝に力が入らなくなる。彼の支えがなければ、すぐにも崩れ落ちてしまいそうだ。

「も……、いっちゃ……う」

エクスタシーの波が寄せては返し、そのたびに快感は膨らんでいく。太腿から爪先まで、震えが駆け抜ける。

羽柴の身体が燃えるように熱いのは、薬が効いていないから？　きっと違う。春菜がそうであるように、二人を包むこの熱は、互いの身体を繋げたい衝動から生まれている。それでも羽柴は約束を守って、ひとつになろうとはしないだろう。春菜も羽柴も、こんなにも快感に溺れているのに、狂おしいほどのもどかしさは埋まらないのだ。

「すまない」

急に起き上がった彼に春菜は抱きしめられた。ベッドの上にうつ伏せにされ、下半身だけ乱暴に引き上げられた。

いきなりスカートを捲《めく》られ、春菜は息をつめた。固く瞼を閉じる。

まるで剥き出しの自分を彼に捧《ささ》げるかのような姿勢に、春菜はまた羞恥の塊に襲われた。だが、「まだ終わりたくない」

そう言ってくれた彼の気持ちは、春菜の気持ちだ。

羽柴は春菜の太腿の間に自分を挟んで締めつけさせた。

「春菜……っ」

今にも弾けそうな分身を、春菜の熱い狭間《はざま》で抜き差しをはじめる。半身ごと揺さぶる激しさに、春菜の頬は何度もシーツに押しつけられた。けれどその荒々しさは、決して春菜を傷つけるものではなかった。むしろ幸せだった。今この時だけは、恋人として心から求められている夢に浸ることができるから。

「……やぁ……」

彼自身も春菜を求める精を滲ませているのだろう。互いの蜜を絡ませながらの愛撫は、春菜をさらに酔わせた。自分の花が物欲しげに彼にまとわりつくのがわかる。

「ああ……。い……い……」

彼が欲しくて欲しくて欲しくて。でも、今夜はまだ彼を迎えられない場所が、何度も締めつけられる。子宮の方までズキンズキンと鼓動を打って疼いている。

レッスンでもいい。偽りの恋人同士でもかまわない。愛する人と触れ合い肌を重ねるのは、こんなにも気持ちがいい。

春菜は幸せだった。

「……だよ、春菜」

あまりに幸せだったので、春菜は幻の声を聞いていた。

「好きだよ、春菜」

彼が囁くはずもない言葉が優しく届く。

「可愛い春菜がこんなエロいなんて知らなかった」

「あなたの……せい…なのに……」

「だったら、ほかの誰にも見せるな」

彼が春菜の狭間に自分を強く押し込み、背中から包み込むように抱きしめた時、快感が大きなうねりとなって二人を呑み込んだ。

自分のものなのか、彼のものなのか。甘く尾を引くその声を耳に、春菜の身体から力が抜けていく。羽柴が勢いよく迸《ほとばし》らせたものが、春菜の腿を濡らしていた。


今日の羽柴は最後までわがままだった。眠るまでそばにいてくれという本当に子供のような彼の頼みごとを、でも、春菜は喜んで引き受けた。病気も心配だったし、今夜はいつにもまして離れがたかったのだ。

（良かった。すんなり眠ってくれて。デートの時間を作るために無理をしたっていうの、本当なんだろうな。申し訳ないと思うけど、やっぱり嬉しい）

春菜がベッドサイドの椅子に座って、五分も経っていなかっただろう。羽柴は身体のなかに溜まった悪い空気を入れ換えでもするように、深く長い寝息をたてはじめた。

ついさっき一度寝室を出た春菜は、彼の傍らにそっと戻ってきた。椅子を彼の顔の方へ寄せると、腰を下ろした。

春菜の送り迎えをしてくれるいつもの運転手が、すでに門に車を付け待っているはずだった。けれど春菜はあともう少しだけ、こうして彼の寝顔を見ていたかった。

あのペーパーバッグはどこへいったのだろう？　もしかしたら羽柴の愛がこめられた、彼との未来を約束する指輪が入っていたのかもしれないあのバッグは？

卑しいこととは知りながら、春菜はバッグを探してキッチンや居間を覗いてきた。改めてこの部屋のなかも見回してみたが、以前置かれていた場所からは消えていたし、ほかに仕舞《しま》っておけそうなクローゼットや物入れもなかった。

「誰に贈ったんですか？」

春菜が声に出して尋ねてみることは、この先もないだろう。なぜなら、答えを知った時の自分が怖いからだ。

羽柴に愛する女性がいたとしても、自分は彼への想いを捨てられない。だから、最後までこの気持ちに素直でいようと、心のままに振る舞おうと決めたのだ。

（告白してふられる覚悟もできてるんです）

心のなかで語りかける春菜は、自分自身にも問いかけている。

（レッスンはもうすぐ終わります。あなたと私は、店のお客さんと店員の関係に戻るんです。そして、それからも私はこっそりあなたを好きでい続けるでしょう）

春菜にはそうなる自信があった。彼を想い続ける自由はあるはずだった。

だが、今はまだ顔も名前も知らない彼女が、いつ彼と一緒にリナリアに現われるかもしれなかった。その左手を、彼からの贈り物できらきらと輝かせて。

（自分がどうなっちゃうのか、わからないんです）

仕事も何もかも放り出し、この恋を断ち切ろう、彼を忘れようともがくのか。それとも彼女と戦って彼を奪いとりたくなるのか。春菜にはわからなくて、自分が怖くなった。

「一人だけ気持ち良さそうに眠っちゃってずるいなあ」

羽柴を飽きずに見つめているうち、湧き出てくるこの愛おしい気持ちがなんだか憎らしくなってきた。

「嫌いになれたらよかったのに」

レッスンだと思い知らされるたびに苦しいのに、なぜ会えばいつも幸せな気持ちになるのだろう？　どんどんあなたを好きになるのだろう？　レッスンを申し込まれた時も、恋人のように抱きしめられ触れられた時も、離れるタイミングは何度もあったけれどできなかった。

この恋はあまりに理不尽じゃないかと思う。

涙がぽろりと零れて、初めて自分が泣いていることに気づいた春菜は慌てて頬を拭った。

「ん……」

春菜は寝返りを打った羽柴の肩に毛布を引き上げてやる。

男性は弱っている姿を他人《ひと》に見せたくないという。今夜臥《ふ》せっている羽柴もそうかもしれない。

でも、春菜にはすべてを晒して頼ってくれた。

毛布から覗いている羽柴の右手に、春菜は静かに頬を寄せた。彼は、彼の辛い感情を呑み込んだ傷痕に触れることも許してくれた。

綾瀬の言う羽柴の特別に、自分はなれたと思いたくなる。その希望にすがりたくなる。

(あなたが好きです。本当はずっと好きでいたいんです)

春菜は懲りずに濡れる睫毛を、何度も拭った。


早朝の肌寒さに春菜が初マフラーを巻いて出勤したその日——。

プチ・リナリアではランチタイムから続く客の波が引き、ほっとひと息つける時間帯だった。

「日高さん、ありがとうございます」

春菜はカウンター席に座った男性社員にいきなり頭を下げられ、面食らった。

「日高さんに橋渡しをお願いした件、ＯＫもらえたんですよ」

急に声を潜めた彼の、浮かべた笑みは特大級だ。リナリアのコースターを使った交際の申し込み&告白が、いつの間にやらこの店でも秘かなブームとなりつつあった。

男性が春菜にコースターを託した相手は、羽柴の父親の会社に勤めているあの長身の美人だった。ともに営業職の二人は人当たりの良さや穏やかな話しぶりに通じるものがあって、春菜の目にはお似合いのカップルに映っていた。

「良かったですね。これからはもっとうまくいきますように」

「頑張ります」と、彼は止まっていたフォークを動かし、ショートケーキのクリームを勢いよくすくい取った。

「のろけさせてもらっていいなら、また中間報告などさせてもらいますね」

「ぜひ」

後ろから春菜のシャツの肘が、クイクイと引かれた。藤崎のいつもの内緒話の合図だ。

「こっちでもキューピッド春菜の面目躍如《めんもくやくじょ》だね」

藤崎は春菜を感心したように見ている。

「またそんな。たまたまですよ、たまたま」

「うーん、私はね。ようやくからくりがわかった気がする」

「？　なんのからくりですか？」

藤崎は春菜とぴたりと目を合わせた。

「お客さまへの愛に溢れている日高さんだからこそ、キューピッドになれるのかもって」

客の一人一人と向き合い、その人に相応しい距離を見極めつつ、相手について知ろうとする。店を預かる一員として、自分にできることが何かないか、彼や彼女が来店するたびに探している。藤崎は春菜のそういうディープな愛情が、お客さまにもしっかり伝わっているのだと言う。

「だからね。日高さんが間に入って紹介してくれる相手ならおつき合いしてもいいかな、デートの一回ぐらいはしてみようかなって気になれるんじゃない？　だってほら、日高さんってよく質問されるでしょう？　メッセージを受け取った相手があなたに聞くのよね。『このカードを書いてくれた人、どんな人ですか？』って。そういうお客さんは、日高さんの人を見る目を信頼してるんでしょう」

「かいかぶりすぎです」

春菜はそう思う。……思うが、彼女の言うことの一割でも当たっているなら嬉しいのも正直な気持ちだった。店を持つ目標に向け、必要な経験を積んでいる証かもしれないから。

「懐かしいなあ。入社したばっかの日高さんはさあ。まさに春菜ちゃんって感じでちっちゃくて可愛かったんだけど、なぜか自分に自信がなさそうで縮こまっちゃってて。そのせいもあって小さく見えてたんだよね」

　思い出し笑いをしている藤崎は、何だか嬉しそうだ。

「どうしてそうだったのかなんて理由は今更どうでもよくって、大事なのは社会に出て春菜ちゃんも磨かれたんだってこと。お客さまにも慕われる素敵な女性になったんだって、あなた自身が認めてあげたらいいと思う。そうすれば恋を成就させるパワーも、もっと出せるんじゃない？」

「え……」

「他人の恋路はこっちへ置いておいて。どうなの、あなたの方は？」

　藤崎はいっそう小声になって尋ねた。

「うまくいってる？　ガールフレンドから昇格できた？」

　彼女の顔には、この頃元気がないので心配していると書いてあった。

「いえ……」

　昇格の可能性はゼロですとは言えない春菜は、曖昧に首を横に振った。

「告白はしたんでしょう？」

「……まだ」

「えっ？　まだなの？　どうして？　彼の美形っぷりに圧倒されて、いざとなったら声がでないとか？」

　返事のない春菜に藤崎は勝手に納得した様子で、ちょっと考え込んだ。

「ねぇ。羽柴さんはお店のコースターを使ったアプローチのこと、知ってるの？」

（どうなんだろう？　たぶん知らないんじゃないかな）

春菜は後ろの棚に重ねて置いてあるコースターにちらりと視線を送った。

「もし知っているなら、日高さんもその手を使って告ってみたら？　コースターに好きのメッセージを書いて渡すのよ。まずは文字で伝えて次は言葉――の方が緊張しないかも」

（コースターを使って？　文字で？）

「最初に誘ったのは彼の方なんだもの。勝算は十分あると思うんだけどな」

藤崎はうんうんと頷く。

「東雲の社員を見てるとわかるよね。彼らは少数精鋭でしょう。社員の質の高さは、イコール採用側の羽柴さんの優秀さでもあるわけで。あの若さでそれだけ鋭い人間観察力を身につけてるってことは、さっきも話した日高さんの魅力にもとっくの昔に気づいているはずなんだよね」

羽柴と連絡先を交換したあの時――。

彼がプライベートの電話番号を書いて渡してくれたカードには、偶然リナリアの花が描かれていた。春菜はリナリアの花言葉に自分の想いを込めて、カードを返した。いつか彼がこの想いに気づいてくれますようにと。

もし、あのカードがまだ羽柴の手元にあるのなら、告白のきっかけにはなるかもしれない。

（羽柴さん……）

同じ建物のどこかにいる彼を想って、春菜の胸は締めつけられた。

春菜はずっと迷っていた。翌日には熱も引き、多忙な日々に復帰した羽柴とは、一週間が過ぎても会えずにいた。近い日のいつか、二人きりになる時がきたら、それは彼との関係を終わらせる時だ。

最後のレッスンの前に告白するか、レッスンが終わってから告白するか。春菜は迷っていた。

春菜が想いを伝えても、羽柴は迷惑がったり嘲笑《あざわら》ったりしない。きっと彼を好きになってよかった、告白してよかったと思えるはずだ。そう信じていても告白のタイミングに悩むのは、できるだけ彼の心に負担をかけたくないからだった。

最後のレッスンの後、春菜の本心を知れば、彼は罪悪感や後悔の念を抱かないだろうか。でも、レッスンの前に告白すれば、春菜の気持ちを思って抱くことをためらうかもしれない。

「こんにちは」

春菜が我に返って目を上げると、ショートケーキを食べ終わった青年の隣に、彼の同期だと紹介されたことのある社員が腰を下ろすところだった。

「珈琲お願いします。オリジナルブレンドで」

眼鏡の似合う、いかにも頭の切れる聡明《そうめい》そうな顔だちの彼は、羽柴に少し雰囲気が似ていた。経営戦略に係《かか》わる部署の所属で、羽柴について行動する機会も多いと聞いた。

「なあ。社長もいよいよ結婚するのかな」

眼鏡の彼が席に着くなり言った。珈琲の用意をしている春菜の耳にピンとアンテナが立った。

「なになに？　そんな話があるのか？」

「いや……、見たんだよ。十日ぐらい前かな。それらしき女性といるのをさ」

彼はへぇと身を乗り出した友人に、たまたま目撃しただけであって、興味本位で覗き見したわけではないことをまず断った。

羽柴と出先を回った後、直帰となり、二人は現地で別れた。彼は気分転換にその辺りの店をしばらくぶらついていたのだが、カフェに女性と二人でいる羽柴を見つけたという。

「結婚相手だとなんでわかったんだ？」

「確証はない。ただ、その日は社を出た時から綾瀬さんが一緒じゃなかったんだ。社長に彼女と会う約束があるのを聞いていて気を利かせたんだとしたら、よほど大事な相手ってことにならないか？　護衛の仕事を遠慮するわけだからな」

「なるほど〜」

「もうひとつ、その女性が大事そうに抱えていたバッグがエンゲージやマリッジリングとして人気のあるブランドのものだった。あの感じだと、社長からのプレゼントだと思う。あらかじめ店に預けてあったんじゃないのかな。サプライズを演出するために」

「そんなブランド、よく知ってるな。らしくない」

「なんだ、らしくないって。独身男子ならそれぐらい常識だろ」

掛け合いのノリで楽しげに会話する彼らに硬い横顔を見せ、春菜の鼓動は少しずつスピードを落としていく。しんと静かになっていく。

「んで？　どんな女だった？」

「だから、そんなにじっくり見てないって」

「嘘《うそ》つけ。羽柴社長がどんな女性を選ぶか、興味あるくせに。だって、お前すげぇ尊敬してるもんな、社長のこと」

彼は友人の指摘に反論しなかった。眼鏡のブリッジをクイと押し上げ、バツが悪そうな咳払《せきばら》いをひとつ。

「そうだな……。顔はまあ、整っていたと思う。メリハリのある日本人離れしたエキゾチックな造作の美人だ。その点では社長のルックスとバランスはとれていたな。背はあまり高くない。どちらかというと痩せていて……」

几帳面《きちょうめん》な性格なのだろう。データを箇条書きするかのごとく女性の特徴を一から並べていた彼は、珈琲を運んできた春菜を見て気がついたような顔になった。

春菜は聞いてしまった。春菜がカタウンターを離れるタイミングで、眼鏡の彼は言ったのだ。「顔は別にして、全体的な印象は日高さんに似た雰囲気だった」と。

「んん？　あれとは違うのかな？　一時、社長が婚約したって噂《うわさ》が社内を駆け巡ったことがあっただろ？」

（婚約?!）

春菜の胸が嫌な予感に震えた。

「ソースは？　本人はプライベートな話はほとんど表に出さないよな」

「さあ？　ただ、この手のことに関しては女性陣の情報網も馬鹿にできなくね？　秘かにお見合いして即意気投合したとか、相手はどっかの大企業の社長令嬢とか言ってたな。ああ……でも、夏頃だったかな。破談になったたって続報も聞いたような？　社長がふられたって」

「社長が？　ふったんじゃなくて？　真実味《しんじつみ》はないが、もしそれが本当なら俺が見た女性とは別人だな」

二人は納得していたが、春菜には羽柴の元婚約者と、目撃されたデートの相手が別人とは思えなかった。

羽柴は自分をふった彼女をまだ愛していて、やり直したいがために春菜にレッスンを申し込んだのだ。

春菜のなかで以前から抱いていた疑惑と現実がひとつに重なった
とうとう実在する女性として現われた彼女を前に、息がつまるような苦しさがじわじわと春菜の胸を締めつけはじめた。

第六章　あなたを愛する幸せ

幸か不幸かわからない。春菜が羽柴の元婚約者の存在を知った、ちょうど同じ日の夜のこと。

重い足どりで帰宅しベッドのなかでうつうつと考え込んでいた春菜のスマホに、羽柴から電話が入った。いつものように車を迎えにやるので来てほしいと言う。

「誘うには遅い時間なのはわかっている。でも、会いたいんだ。君の顔が見たい」

「行きます」

春菜は迷わず答えていた。

「日高さん、たとえ強敵出現でも、怖じ気づいちゃ駄目よ。むしろ今こそ告白のタイミングでしょ！」

昼間、春菜と一緒に羽柴と結婚相手らしき女性の目撃談を聞いていた藤崎は、そう言って励ましてくれた。

もちろん春菜に告白をやめるつもりはなかった。

（頑張れ、私！）

彼のもとへ向かう車のなかで、春菜は祈るように重ねた両手を握りしめていた。

散々迷った末に、レッスンの前に告白しようと決めた。胸の奥に積もり続けた想いを伝えて、彼にはすべてを知ったうえで抱いてほしかった。

（どうか、うまく伝えられますように）

春菜は祈る。

最後のレッスンで、私はいつも通り振る舞えるだろうか？

何かの拍子に感情が溢れ出し、とんでもない言葉をぶつけたりしないだろうか？

自分でも自分の心のすべてが見通せない怖さが春菜にはあった。

玄関まで迎えに出てきた羽柴は、春菜の顔を見るなり抱きしめてきた。

（羽柴さん？）

心なしか羽柴の様子がおかしかった。

今夜の抱擁は、春菜の知っているどの時とも違っていた。春菜の心までもあっと言う間に呑み込んでしまう、あの激しさがなかった。そのかわり春菜に無言で訴えかける、強い何かが伝わってくる。

「待ってたんだ」

部屋に変わった様子はなかった。テーブルの上にも、春菜の口に合う酒と手作りのつまみが普段通り用意されている。

春菜はワインを開け、グラスに注いだ。そこでふと、羽柴には珍しく自分を待たずにウイスキーに口をつけていることに気がついた。一瞬不安が頭を過るが、春菜は気を取り直してグラスを手に取った。ひと口飲んでテーブルに戻す。

アルコールに力を借りるつもりはなかった。ただ、リナリアの花には告白のきっかけをもらおうと思う。

「羽柴さん、お店のコースターがメッセージカードとして使えるの、知ってますよね」

「ああ……」

「あなたが私に連絡先を書いて渡してくれた、私も自分の電話番号を書いて返したあのコースターを、今もまだ持ってくださってますか？」

彼は頷いたように見えた。

「お店ではお客さん同士、コースターを使って好きな相手にアプローチするのが流行《はや》ってるんです。メッセージ欄を使って交際を申し込む人もいれば、好きですってストレートに気持ちを書いて伝えるだけの人もいます。なかには、コースターに描かれた花の花言葉に気持ちを託す人もいて……」

春菜は俯き、懸命に言葉を繋いでいた。途中で話すのをやめたら、告白できない気がした。

「あの……、私の返したコースターにメッセージは何も書いてなかったと思います。でも、あのコースターには特別な花の絵が描かれていたんです。だから私、その花の――」

そこまでしゃべって顔を上げた春菜は、羽柴を見て胸を衝《つ》かれた。

（やっぱりおかしい。いつもの羽柴さんじゃない）

顔色が優れないのは、光線の加減などではなかった。

「体調が悪いんですか？　この前みたいに仕事で無理をしたんじゃないですか？　それともどこか痛むところでも……」

春菜は最後まで言い終わらないうちに気がついた。

「そうじゃないんですね？　何かあったんですね？　あなたを苦しくするような何かが……」

春菜は答えを彼の瞳のなかに探そうと、目を合わせた。

羽柴が瞼を閉じ、深く息をついた。再び視線が絡まった時、彼の瞳に浮かんでいた迷いの色は消えていた。

「君に隠し事はできないな」

羽柴はほとんど空になったグラスをテーブルに置いた。

きっと春菜が来るずいぶん前から、酒と一緒に苦痛を呑み下していたのだろう。

「どんなに感情を読まれたくないと思っても、君の前で平気なふりは通用しないんだ」

羽柴は立ち上がり、いったん隣室へと消えた。スマホを手に戻ってくる。彼がプライベートで使っているものだ。

「今夜、母屋に綾瀬はいないんだ」

（綾瀬さん？）

この流れで綾瀬の名前が出てくるとは思っていなかった春菜は、戸惑った。

「最近、綾瀬は単独行動を取ることが増えていた」

それがボディーガードという綾瀬の仕事柄あまり良いことでないのは、春菜にもわかる。そう言えばこの前のデートの時も、自分を追って帰宅しない綾瀬を羽柴は心配していた。

羽柴はスマホを操作し、呼び出した画面を春菜の前に差し出した。春菜は遠慮しつつも覗き込む。

「これは？　ここに写ってるの、綾瀬さんですよね」

明らかに隠し撮りされたとわかる写真に、綾瀬らしき後ろ姿があった。

わずかに横顔が覗くのみで、どんな表情をしているのかはっきりしない。だが、見覚えのあるロングコートや美しくウエーブのかかった髪で、春菜にはすぐにわかった。

綾瀬は一人ではなかった。彼より五つ六つ若く見える男がこちらを向いて立っていた。

身形《みなり》に変わったところはなかったが、路上喫煙をしているので印象は良くない。口元にも、何か企《たくら》んでいそうな薄笑いを浮かべている。

時刻は夜。場所はどこか繁華街の一角だろう。人通りは多く、看板の色とりどりのネオンサインがにぎやかだ。

「綾瀬といる男の名前に心当たりはなかった。だが、見覚えがある」

「見覚えが？　仕事関係の人ですか？」

「いや。春に言いがかりをつけてきた集団のなかにいた」

「えっ？」

春菜はもう一度写真に目を落とした。

なぜそんな相手と綾瀬は一緒にいるのか？　しかも、この写真は二人が立ち話をするような顔見知りである事実を写し取っている。

（綾瀬さん……）

羽柴の抱えた事情は、説明されなくても大方の見当がついた。

おそらく最近の綾瀬の行動に疑問を抱いた羽柴は、調査会社に頼んで彼の行動を追わせたのだろう。春菜が見せられたのは、その報告書に添付された写真の一枚に違いない。相手の男の身元も報告書には書かれていたが、羽柴の知人でも友人でもなかった――と。

春菜は綾瀬が羽柴について語る時、ほんの一瞬、覗かせた陰のある表情を思い出していた。

「羽柴さん」

春菜の指が俯いた羽柴の頬に伸びた。

羽柴は辛そうだ。綾瀬の行動を調べたのは、彼の悪事を疑ってではないはずだ。もしもそうなら真っ先に派遣元である警備会社に連絡を入れたはず。

羽柴は親友が何らかの災難に巻き込まれているのではないかと、綾瀬を心配する気持ちからそうしたのだと思う。羽柴は綾瀬を信じる気持ち、すなわち彼にとっての真実と、写真に写し取られた事実との間でもがいている。

（あなたは気持ちを読まれたくないと言いましたね）

春菜の手に頬をくるまれ、羽柴は顔を上げた。

この苦悩を誰にも知られたくない。でも、誰かにぶつけたい。聞いてもらいたい。きっとそんな相反する二つの思いの狭間で揉みくちゃになっていただろう彼が、会いたいと言ってくれたのだ。苦しい時に自分を呼んでくれた。

春菜は嬉しかった。彼が大切で愛おしくて、触れずにはいられなかった。

「大丈夫です」

春菜は包んでいた頬に体温が戻ってくるのを感じると、今度は彼の手に手を重ねた。

「あなたの知っている綾瀬さんはどんな人でしたか？　教えてください」

「私は……。私は綾瀬を信頼している」

「はい」

「あいつに護衛の仕事を頼んだ後、守る側と守られる側と、立場を交換する方法を提案された時は悩んだ。本当は断りたかった。どんな事情があったとしても、自分の身代わりに誰かの命を危険に晒すのは間違っていると思ったからだ。何度も話し合った末に綾瀬の言う通りにする決断をしたのは、あいつを信頼しているからだった。綾瀬は私を全力で守ろうとするだろうが、自分の命を蔑《ないがし》ろにするような馬鹿な行動はとらないと信じていたから思い切った」

やはりそうだ。羽柴は何を目にしたとしても、綾瀬を少しも疑っていないのだ。ただ、突然放り込まれた状況に混乱しているだけ。

「羽柴さんが綾瀬さんに抱いているのと同じ信頼感を、綾瀬さんもあなたに抱いているように私の目には映っています。私、羽柴さんとの関係を話す綾瀬さんから、何度も信頼という言葉を聞いています」

綾瀬が垣間《かいま》見せた気になる表情も含めて、春菜も彼を信じていた。

羽柴は春菜の言葉に、自分自身の心のうちを確かめるように頷いた。

「この写真には何か事情があるんですよ、きっと。羽柴さんのために動いているのかもしれません。だとしたら、あとで打ち明けてくれるはずです」

「私もそう思っていた。私のために黙って一人で何かしているんだろうと。たとえ何があっても綾瀬を信じる気持ちは変わらない。それを誰かに知っていてほしかったんだ」

羽柴はそこまで言って、「いや、違う。そうじゃない」と首を横に振った。自分の手に重ねられていた春菜の手を握る。春菜は強く引かれて、あっと言う間に彼の腕のなかに閉じこめられた。

「誰かに、じゃない。私は君に聞いてほしかったんだ」

(羽柴さん！)

春菜も目を閉じ、彼の胸に深く埋まった。

「私にとって君はそういう人なんだ」

春菜は最後のレッスンのはじまりを予感している。

「春菜……」

春菜は嬉しかった。こんなに満ち足りた気分で最後の夜を迎えられることが幸せで、胸がいっぱいだった。

この幸福な時間を壊したくなかった。今のこの時間を守る以上に大切なことはなかった。

羽柴と抱きしめ合い、少しの隙間ができるのももどしかくて彼に身体を寄せる。すると彼も胸のなかへと春菜を深く抱き寄せてくれた。

愛する人と素肌を重ねるだけでこんなにも幸せな気持ちになれるなんて。自分は知っているつもりで本当は何も知らなかったんだと、春菜は思い知らされていた。

(ああ……、でもまだ足りない)

春菜は自分を受け止めてくれる厚い胸に額を押しつけ、次には唇を押し当てた。

もっともっと彼のものになりたい。

早く彼とひとつに溶け合いたい。

そんな焦がれるほどの欲望は、羽柴のなかにもあるのかもしれない。すぐさま顔を胸から引き離され、噛みつくようなキスをされた。

「……ん」

春菜は口移しに流れ込んでくる羽柴の吐息を呑み込んだ。彼の息も弾んでいた。身体の熱に急《せ》き立《た》てられ、苦しげに乱れている。そう思うだけで、胸の奥が痛いぐらいに締めつけられた。


欲しい。

早く。


羽柴は舌で春菜の口のなかを隅々まで愛しながら、乳房を鷲掴《わしつか》んだ。

「……っ」

呼吸が許されないほどの長いキスと、胸への愛撫と。二つは前になり後ろになって、春菜に大きな悦びをもたらした。

「ん……」

高鳴る鼓動ごと乳房を揉まれる。

苦しいのに、どうしてこんなに気持ちがいいのだろう。

「春菜……」

彼が呼んだ。熱く苦しげな吐息が溢れる。

「春菜……、春菜」

「羽柴さん……」

「全部だ」

「……羽柴さ……ん」

「君の全部を私のものにする」

悦びをたっぷり吸って張りつめた乳房を、彼の言葉がくすぐった。春菜は彼の頭を自ら胸に抱き寄せていた。


欲しい。

早く。


左の乳房に痛みが走った。彼があまりに強い力で握ったからだ。しかし、苦痛はすぐに甘い悦びへと変わって、春菜を喘がせた。

（羽柴さんだから……）

乱暴に扱われても、羽柴だから感じてしまう。強引にされるほど強く求められていると思えば嬉しくて、身体が反応してしまう。

「あ……っ」

乳首を銜《くわ》えられ、春菜の背がしなってわずかに浮いた。羽柴はまるで獲物を差し出された獣のように、ガツガツと食らいついた。

愛撫で赤く色づいた春菜の実は、彼の口のなかで飴玉《あめだま》みたいに転がされる。時に舌先でつつかれ、時には唇に柔らかく挟まれ引っ張られる。

「や……あぁ」

ひとつひとつの愛撫に身体が芯から疼いて、春菜は思わず羽柴の髪を掴んで引いていた。やめてほしいのではない。その証拠に春菜の両足は彼の半身に淫らに絡みついていた。離すまいと彼を引き寄せ、もっととねだっている。

押しつけられる羽柴の分身はたくましかった。

「……すごい……」

春菜はため息に隠れて、思わず小さく声をあげていた。

早く彼が欲しくて、彼のものになりたくて。抱き合っているうち見る間に大きくなったそれに、はしたなく指を伸ばしたくなる。

春菜の恥ずかしい呟きが聞こえたのだろう。今夜は強引な羽柴の手が、いきなり春菜の脚を左右に開いた。そうして、どれだけ春菜が自分を欲しがっているのか、確かめようとした。

握った分身で花芯を抉られ、

「ん……っ」

春菜の腰が迫り上がった。

「春菜もすごいな。吸いついてくる」

「やぁ……」

潤んだ蜜を掻き回されると、物欲しげに花弁がまとわりつく感覚が自分でもした。

「すまない。もっとゆっくり気持ちよくしてあげたかったのに、余裕がない」

今、春菜の瞳に映るのは、無駄な脂肪とはまるで無縁な引き締まった彼の下腹と、鍛え抜かれた体躯にふさわしい彼の雄《おとこ》だった。


欲しい！

早く！


春菜のなかで渦巻いていた欲望が勢いを増した。

どうしてなのだろう。まだ羽柴と結ばれたことはないのに、あの猛《たけ》った分身を迎え入れればこの身にどれほどの快感がもたらされるのか。どれほどの幸福感を味わうのか、なぜ、自分にはわかるのだろう。

「は……やく……」

とうとう声に出してねだってしまった春菜に、羽柴は余裕がないと言いながらすぐには応えなかった。春菜をもう一度腕のなかに抱き寄せると、額に口づけた。

「春菜……」

春菜は頷いた。

「いい？」

羽柴はレッスンの最後の許可を求めている。

春菜ももう一度、広い背中に両手を回すと包み込むように抱きしめた。

「あなたがいいです」

春菜は出会った日から今日までの、思いのありったけを込めて頷いた。

再び春菜の身体は大きく開かれる。

春菜の濡れた秘花が彼に向かって綻んだ。

（あ……っ）

彼の先端が入り口をこじ開ける。春菜の閉じた瞼が震えた。でも、圧を感じて苦しかったのは最初だけだった。

入ってくる。滑らかに路《みち》を分け、彼が春菜の奥へと進んでくる。

「ああ……」

羽柴で自分のなかがいっぱいになるにつれ、春菜の目尻に涙が浮いてきた。「君の全部を私のものにする」と言ってくれた羽柴。夢でも幻でもなかった。真実、彼のものになれた今、春菜の心に胸をしめつけるほどの喜びが広がった。

羽柴が動きはじめる。ゆっくりと春菜のなかを行き来していたが、我慢できなくなったようにすぐに激しいものへと変わった。

「春菜……っ」

（羽柴さん……）

それは決して独り善がりの、一方的に快感を追いかける行為ではなかった。二人でベッドに飛び込んだ最初から、春菜はずっと彼に大切に抱きしめられている感覚に浸っていた。激しさのなかにも見え隠れする、春菜を気遣う優しさがそうさせる。

「春菜のなかは熱いな」

羽柴は大きな動きで春菜を穿《うが》つ。一番奥まで突かれた春菜は、

「ああ」

高い声をあげ身を捩った。

羽柴の若いバネを利かせた律動に、春菜は追いつめられる。

（羽柴さんのも、熱い）

いつの間にか春菜の半身は、もっと強く突いてほしいと言わんばかりに羽柴の動きを追いかけ、行きつ戻りつしていた。

「快いよ、春菜」

彼に貫かれるたびに花芽がずきんと疼いた。触れられてもいないのに、彼の指に囚《とら》われ嬲られているように感じてしまう。

「もっと奥まで欲しい？」

彼は春菜が素直に頷けば、そうしてくれる。根元まで自分を強く押し入れ春菜に密着させると、ぐりぐりと奥を抉るように動かした。甘く蕩けた喘ぎが止まらなくなった。

「あぁ……快い……」

羽柴は溢れる春菜の言葉まで、キスで受け止め自分のものにする。

「気持ちい……いの」

「春菜……」

彼の声が優しく名前を呼んでいる。彼の指が優しく髪を撫でている。まるで愛する人を慈しむように。


あなたが好きです。出会ってからずっと好きでした。

まだ伝えていない言葉は春菜の胸を熱く焦がしているけれど、

(私を羽柴さんのものにしてくれた)

ただそれだけで、春菜は息ができないほどの喜びに包まれていた。

最後のレッスンは春菜が想像していた以上に、その何倍も幸せだった。

快感の頂が見えてきた時、春菜の意識は遠ざかり、どこかふわふわとして心地よい場所へと昇っていった。

羽柴への想いを込めて強く抱きしめた一瞬、春菜は自分の濡れた睫毛を彼がキスで拭ってくれた気がした。


（私の気持ちを伝えなくちゃ）

告白しないと終わりの幕は引けない。

帰り支度をして居間に戻った春菜は、とりあえずソファに腰を下ろした。膝の上に置いたバッグを知らず知らずのうちに縋るように抱きしめていた。

羽柴が隣にやってきた。手にしたカップを春菜の前に置いた。

二人の沈黙を縫って、紅茶の良い香りだけが流れていく。

（伝えなくちゃ！）

春菜が口を開こうとした時だった。

「君に話さなければならないことがあるんだ」

自分のことでいっぱいいっぱい。まさかこの場で彼からそんな言葉が出てくるとは思ってもいなかった春菜は、うろたえた。

「聞いてほしい」

羽柴を見た春菜はドキリとした。彼はとても怖い顔をしていた。春菜の知る限り、一番真剣な表情をしていた。

「レッスンのことだ」

「レッスンの……」

やはりそうだ。レッスンは今夜で終わりなのだ。

今更驚かない。

わかっていたこと。覚悟もしていた。

春菜は立ち上がっていた。

彼の方から終わりを告げられたくなかったのだ。

「日高さん？」

羽柴に背を向け、胸の鞄を強く抱きしめる。

告白しなくては。彼に終わりを告げられてからでは、何も言えなくなる気がした。

春菜は最後の幕は自分で引きたかった。彼に告白したその口で最後まで幸せだったことを伝え、レッスン彼女としてのさよならを言いたかった。

「私……、楽しかったんです」

固く結んでいた唇をいったん開いてしまうと、言葉は溢れた。羽柴が立ち上がったのがわかった。

「羽柴さんといて、とても幸せでした」

でも――と、春菜は続けた。胸の奥まで手を突っ込まれ、何かを引きずり出されるような痛みに襲われる。

「でも、私はあなたの言っていたレッスン彼女です。終わってみれば、全部が偽物だったと思うと辛いです。あなたからの優しい言葉もキスも何もかもが紛い物なんだと思うと、悲しいです」

――春菜自身、思いもかけない言葉が次々と零れてくる。

「羽柴さんがほかの女性と……、私の知らない誰かと幸せになるためのレッスンでした。私はその練習台を買って出たんです。進んで受けたのだから文句を言う資格はない。わかっています。わかっているけど……すごく苦しいです」


ああ、そうか。

これが私の本音だったのか。


羽柴を本気で愛してしまったからこそ、彼に嘘はつけない。きれいごとの言葉で飾りたてた告白はできない。

春菜は羽柴に向けた背中が丸くなるほど強く鞄を抱きしめると、苦しい息を継いだ。

「私はそれぐらい羽柴さんが――」

言いかけたとたん、頬が濡れた。

今夜、羽柴は言ってくれた。小柄な春菜を抱きしめるのは気持ちがいい。まるでパズルのピースがはまるように、この腕のなかにすっぽり収まるのが好きだと笑ってくれた。

あの時の羽柴は、自分に似ているという彼の大切な誰かを思い出していたのだろうか？　頭のなかでその女性《ひと》を抱いていたのだろうか。

（なぜ、今になってそんなことを考えるの！）

涙はぽろぽろと零れ、喉がつまって言いたい言葉が出てこない。

しゃべろうとしても、しゃくりあげてしまう。

（羽柴さん……）

どんな言葉を返せばいいのかわからないのだろう。羽柴が迷っている気配が伝わる。

（ごめんなさい。あなたは悪くないのに）

私がそんなにも辛くて悲しかったのは、あなたが好きだからです。

想いを伝えたいのに涙が邪魔をする。コップのなかの水と同じだった。一度傾けてしまえば、すべて零れ落ちるまで止まらないのだ。

背中越しに羽柴の気配が近くなった。彼は春菜を抱きしめられる距離に立っている。

「日高さん、傷つけてしまってすまない」

(謝らないで。謝るのは私の方なの。最後の最後でこんな……、あなたを責めるような言葉をぶつけてしまって)

「臆病だった私のせいだ。今更、取り返しがつかないことだとわかっている」

後悔していることがはっきりとわかる声だった。

「レッスンをつけると言ってくれた君に甘えていたんだ。二人でいる時の君が本当の恋人のように振る舞ってくれたから、私はいつの間にか自分たちの関係がレッスンの上に成り立っていることを忘れていた。いや……、忘れたふりをして今夜を迎えてしまった。君を傷つけるとわかっていたのに」

春菜は羽柴の声にじっと耳を傾けている。羽柴の話す言葉の意味は理解していたが、彼が自分に何を伝えようとしているのか。受け止めたくても気持ちが追いついていなかった。

「倒れかけた君を助けた時だ。私は出会ったあの日に君に好意を抱いたんだ。でも、君は男性に人気もあったし、経験豊かとも聞いたし、どうアプローチすれば私に関心を持ってもらえるのかわからなかった」

(？　……こうい？)

「正直に言えば、最初はそんな自分に自分でも戸惑っていた。今まで味わったことのない感情だったからだ」

（羽柴さん……？）

「ただ、日高さんが私の前に現われて初めてわかったんだ。過去につき合った女性の誰に対しても私は本気になったことがなかった。彼女たちとの関係が続かなかった原因は、私の至らなさのせいで相手を恐がらせてしまったのもあると思う。だが、一番の理由は私自身が二人の関係の維持や進展を望まなかったからなんだ。本気ではなかった」

羽柴の声が近くなった。

「でも、君は違う。日高さんだけが違った」

（？　なんだか私を好きって言ってるみたいに聞こえる……？）

春菜は羽柴を想うあまり、自分の頭が彼の言葉を都合のいいにように解釈しているのだと思った。

「君が好きだ」

（——え？）

「私はレッスンを口実に君の気持ちに近づこうとしたんだ」

春菜は息が止まりそうなほど驚いた。決して大げさではなかった。本当に驚いたのだ。

春菜は恐る恐る振り向いた。

「君が好きなんだ」

（嘘！）

目の前が曇って羽柴の表情がぼやけて見えないのは、彼が好きだと口にしたとたん、また溢れてきた涙のせいだ。それでも春菜には信じられなかった。夢のなかの出来事としか思えなかった。

気が遠くなる。

ペーパーバッグの行方も元婚約者の存在も、なにもかもが消し飛ぶほどの驚きが、春菜の心を揺さぶっている。物事をまともに考える力までどこかへいってしまった。どう振る舞ってなにを言えばいいのか、わからなかった。

「ご……めんなさい！」

春菜は鞄と一緒に今にも弾けそうな心臓を抱えて部屋を飛び出していた。

『ゆっくり考えごとをするのにふさわしい場所ですよ、ここは。そっと一人にしておいてくれるけれど、ひとりぼっちじゃない気持ちにもさせてくれますからね。何も心配はいりません。この店でならどんなに迷ったって悩んだって大丈夫です』

リナリアに通いはじめた頃、マスターに言われた。春菜はそれを今、身を以て感じている。

社内喫茶であるプチ・リナリアの閉店時間は、リナリア本店よりも大分早い。だから春菜は仕事が終わったその足で、真っ直ぐここに来た。マスターの仕事ぶりを堪能できるカウンター席は、客として訪れていた大学生の頃から春菜のお気に入りだった。

春菜はカップに残っていた最後のひと口をこくんと飲み込んだ。

こんなに羽柴のことで頭がいっぱいの時でも、マスターの淹《い》れた珈琲は悔しいぐらい美味しい。

昨夜からずっと高鳴り続けている鼓動を、少しだけ落ち着かせてくれる。

昨夜——羽柴の部屋を飛び出した春菜を、いつも送迎してくれる車が追いかけてきた。羽柴の言いつけだと運転手は言った。彼は春菜に「改めて連絡する」との羽柴からの伝言を伝えてくれた。

（あれから何度も羽柴さんとの会話を思い出しているけど、最初から最後まで夢のなかの出来事みたいで本当にあったこととは思えないよ）

「君が好きだ」

彼の言葉も夢のなかだ。

触れると消えてしまう宝石みたいに、眺めていることしかできない。

「もう一杯どうですか？　それとも甘いものの方がいいかな？」

マスターが遠慮がちに声をかけてきた。彼の淹れる珈琲の味にも似た温もりが、心の深いところまで沁みてくる。春菜はその声に誘われるように、

「私、どうしたらいいですか？」

マスターを見上げた。

「昨日、とても信じられないような幸せなことが起こって……」

「ほう」

「絶対に信じたいのに実感がなくて、信じられなくて」

「夢のなかにいるみたいですか？」

「はい」

「ふわふわ地に足がついていないから、前にも後ろにも踏み出せない感じかな？」

「そう……、そうです！」

「だったら、その幸せをただ眺めているだけでは駄目なんでしょうね」

「え？」

「その夢みたいな現実のなかにあなた自らが入っていかないと。方法はなんでもいいんですよ。自分の目で見たり手で触れたり、言葉をかけるのでも音を聴くのでもなんでもいい。あなた自身でしっかり確かめることができれば、実感がわく。絶対夢なんかじゃない、現実なんだと思えるようになるんじゃないのかな」

「私自身で……」

マスターは春菜が再び考え込むのを見て、静かにカウンターを離れていった。

(……そうだ)

春菜は気がついた。

(私まだ、好きって言ってない)

羽柴に想いを伝えていない。

好きですと告白して、彼に同じ返事をもらえたなら、きっと夢は現実に変わる。

春菜はマスターにお礼を言うと、リナリアを出た。店のすぐ表でバッグからスマホを取り出した。

羽柴に連絡をとろう。告白のための時間をもらうのだ。

電話帳を開こうとした瞬間、スマホが鳴り出した。

(羽柴さん!)

今、このタイミングで彼の方からかかってくるとは、まるで春菜の決意が伝わったかのようだ。

「昨夜はすみませんでした。勝手に帰ってしまって」

春菜は羽柴が何か話す前に謝っていた。

「いや……いい。追いかけたかったんだが、そうすればますます君を傷つけてしまいそうで動けなかった」

ほんの一瞬、電話の向こうで彼が躊躇う気配がした。

「君に拒まれたのにずうずうしいのはわかっている。でも、もう一度だけ二人きりで会ってくれないか」

春菜は羽柴が思い違いをしているのを知った。昨日、別れ際に自分がぶつけた「ごめんなさい」の一言を、羽柴は告白の返事だと思っている。

「このまま君との関係を終わりにするのは嫌だ。ちゃんと顔を見て謝りたい。そうでなければ私は君のことをいつまでも引きずる。日高さんに迷惑をかけることになる」

あなたはまだ私の気持ちを知らないんです——と、喉まで込み上げてきた言葉を春菜は懸命に押し戻した。

春菜も電話などではなく、きちんと彼の顔を見て気持ちを伝えたかった。二度と逃げ出さないように。夢だなんて思わないように。

「私も会いたいです。会ってください」

「ありがとう」

「今夜、これからでもいいですか？」

「私も今夜会いたかった」

春菜はスマホを強く握りしめ、もう一度告白の勇気を奮い起こした。

羽柴が会う場所に公園を選んだのは、たぶん春菜を気遣ってのことだ。彼は春菜がもう自分の部屋には来たくないだろうと思っている。

ビルの谷間で足を止め、静かにひと息つくために設けられたような小さな公園だった。

羽柴の会社からは徒歩で十分あまり。常緑の低木に囲まれたスペースには自動販売機が二台、窮屈そうに肩を並べていた。あとはベンチが二基だけ。春菜は入り口から見て正面奥にある一基に座っていた。

外灯の明かりで園内はそう暗くはない。ネオン街が一番にぎわう時間帯だ。すぐそこに見える小路に人通りはなくても、夜の街のさんざめきは風に乗って運ばれてくる。

春菜は腕時計を覗いた。もう十五分もない。緊張をほぐそうと、一度、二度と深呼吸をした。

春菜が見ている公園の入り口に長身の人影が覗いた。思わず立ち上がった春菜のところまで小走りにやってきたのは、羽柴ではなかった。

「綾瀬さん?!」

「突然ごめんね」

会社から走ってきたのかもしれない。息が少し乱れている。

「どうして綾瀬さんがここに?　私、羽柴さんと待ち合わせてて……」

「わかってる。羽柴がいつどこに行くかは、仕事上すべて頭に入っているからね」

綾瀬は約束の時間ぴったりにやってくる羽柴の習癖《しゅうへき》をちゃんと把握していて、だからその前を狙ってきたのだという。春菜と二人で話をするためだ。

「何かあったんですか？」

不安になった春菜は綾瀬に促され、彼と並んでベンチに腰かけた。

「俺の告白を聞いてほしい」

「え？　……はい」

春菜は戸惑いつつも、「私が聞いてもいいことなら」と頷いた。

「前に日高さんに話したよね。俺と羽柴はもうずいぶん長いつき合いで、スポーツや武道を介して一番の競争相手だったって」

「ええ。中学の頃から二人は親友でライバルなんですよね。あなたも羽柴さんもそういう言葉を使ったことはないけれど、私の目にはお互い唯一無二の存在に映っています」

「正解。だけど俺、羽柴に一度として勝てたことないんだよ。スポーツだけじゃなくて勉強もそう。万年二位なの。そのせいで、俺はあいつに対する劣等感をずっと抱えてきた」

春菜は驚いて綾瀬を見た。

「綾瀬さんが羽柴さんにですか？」

彼は今、劣等感と言ったのだ。

綾瀬が何を告白したいのか見当もつかなかった春菜にとって、それは大げさではなく本当に思いも寄らない単語だった。何事にも前向き、かつ精力的なエネルギーがオーラとなって輝いている綾瀬には、最も不似合いな感情に思えた。

「俺は高校を卒業する頃にはもう、羽柴には一生かなわないとあきらめていた。二年生の時だよ。羽柴はすごいやつだと思い知らされる決定的な出来事があったんだ。日高さんには前に話したと思う」

「もしかして、羽柴さんが手に傷を負った時のことですか？　友達の女の子を庇ったたっていう？」

「そう。実はその現場には俺もいたんだ」

答える綾瀬の横顔は、何か苦いものでも飲み込んだように歪《ゆが》んでいた。こんな表情の彼は初めて見る。

「被害に遭った女の子はね、当時の俺の彼女だったんだよ」

「え……」

「つき合って三年目で、将来結婚してもいいかなって思うぐらい大好きで。すごく大事にしてたつもりだった。でも、変態教師が劇薬を振りまいた時、俺は咄嗟《とっさ》に逃げちゃったんだ。身を挺して彼女を守ったのは羽柴だった」

春菜は黙っていた。何と言葉をかければいいのか、わからなかったからだ。

人が危険を感じた瞬間《とき》、真っ先に我が身を守ろうとするのはごく自然な反応ではないだろうか。

誰も綾瀬を責められないと思うけれど、彼が自分自身を嫌悪する気持ちは理解できた。

綾瀬が春菜の方を向いた。そして、言った。

「だからね。もしも今、羽柴を妬んだり羨んだりしている人間があいつの周りにいるとして、そいつらが嫌がらせをしているのだとしたら、連中の気持ちが俺にはわかるんだ」

ぎょっとして目を大きくした春菜に、綾瀬は顔を近づけた。

「俺が日高さんを奪ってしまったら、羽柴はどう思うかな」

彼は春菜の方へ身を寄せた。

「あいつは怒るだろうな。それとも怒る気力も失くすぐらいショックを受けるかな？」

（綾瀬さん？）

春菜は自分の目を覗き込んでいる彼をじっと見つめ返した。瞳のなかに彼の心を見つけようとした。

「嘘ばっかり。そんなこと、綾瀬さんは本気で考えてませんよね。私にはわかります」

本当だった。そして春菜は、綾瀬が時折見せる暗い表情の理由にも思い至っていた。

あれは劣等感にとり憑かれ、羽柴を逆恨みしている顔ではなかった。いつか羽柴を傷つけてやりたいと憎んでいる顔でもない。

あれは後悔の表情《かお》だ。大好きな彼女を守れなかったことを、親友に怪我を負わせてしまったことを悔いている。あの日、何もできなかった自分を責めている。

「どんなことがあっても羽柴さんの綾瀬さんを信じる気持ちが少しも揺らがないのを、私は知っています。羽柴さんが心から信頼しているあなたを、私も信じているんです」

春菜の見ている綾瀬の瞳には、何の濁りもなかった。

「綾瀬さんを本当に苦しめてきたのは、劣等感じゃないんでしょう？」

綾瀬の面に驚きの色が広がった。

「羽柴さんにそういう感情を抱いてしまう自分が嫌だったんでしょう？」

「日高さん……」

「だって、劣等感なんて抱く必要がないのは、あなた自身が一番よく知っているからです。羽柴さんは綾瀬さんと競っているけど比べてはいない。あなたを見下してもいないし、優越感も抱いていない。すべては自分自身の心の問題だとわかっているからこそ綾瀬さんは苦しかったんじゃないのかなって、私にはそう思えます」

（だけど、今はそんな重たい気持ちも吹っ切れてる気がする）

濁りのない彼の瞳が、春菜にそれを教えてくれる。

「まいったなあ」

綾瀬は表情を隠すようにふいと空を仰いだ。ややあって、「ありがとう」と小さな声が落ちてきた。

「やっぱりあいつは馬鹿だ」

綾瀬は春菜に視線を戻すなりため息をついた。もう春菜のよく知っているいつもの綾瀬だった。

「日高さんはこんなに素晴らしい女性なのに、あきらめようとしてるんだからな」

春菜の鼓動が跳ねた。

「あきらめるって……、羽柴さんがそう言ったんですか？」

「二人の間に何があったか知らないが、君を傷つけた自分には愛する資格がないと思っているらしいよ。独り勝手に悟ってる」

綾瀬は「あきらめるなんてできもしないくせに、気づいてないところがまた大馬鹿」と呆れているが、春菜の方はしっかり危機感に襲われていた。

(そんな……。どうしよう！　あきらめられちゃう前に早く好きって言わないと！)

羽柴はもう来る頃だろうか？　春菜が公園の入口に目を向けたのと、

「そろそろだな」

綾瀬が腕時計で時間を確かめたのが同時だった。

綾瀬が先に腰を上げた。

「日高さん、立ってもらえる」

言われるままに立った春菜と、綾瀬は公園の入り口を背に向き合った。

「ハグしていい？」

「えっ？」

綾瀬は悪戯げに微笑む。

「あなたとは一生のつき合いになりそうだから、友情のハグを」

戸惑っている春菜に、「大丈夫だよ」と綾瀬は両腕を回した。

「すぐにあなたのヒーローが救い出してくれる」

綾瀬の胸に埋まらない程度の緩い抱擁は、確かに恋人同士のそれとは違っていた。

「あいつの目を覚まさせるためだよ。今だけ悪者になりきって誘惑するシナリオもありかなと思ってたけど、日高さん相手にその必要はなかったね。正直、ほっとしてる」

綾瀬にこそっと礼を囁かれた時だ。何かが猛然と突進してくる気配がして、綾瀬は春菜から引き剥がされた。

次の瞬間、春菜の前には地面に仰向《あおむ》けに転がった綾瀬と、彼を殴り飛ばしたのだろう羽柴がいた。

「日高さん！」

羽柴は春菜を奪い返すと、自分の胸に抱き寄せた。

羽柴は肩で息をしている。綾瀬に険しい顔を向けていたが、すぐにはっと気づいた表情に変わった。

「お前、わざとだな」

「そうだよ」

綾瀬は笑ったつもりだろうが、痛みに顔を顰《しか》めたようにしか見えなかった。すでに拳をもろに食らった左頬は浮腫《むく》みかけ、唇は切れて血が滲んでいた。

「考えるより先に手が出るのは、お前らしくない。そもそもお前は友達を殴ったりしない。これでわかっただろう。何があっても冷静沈着なお前を狂わせるぐらい大きな存在なんだよ、彼女は。本当にあきらめるつもりか？」

綾瀬は手の上に何かを吐き出した。春菜は小さく声をあげた。歯だ。羽柴が相当の力で殴った証拠だった。謝ろうとした羽柴を綾瀬が止めた。

「お前が本気を出したんだ。これぐらいで済んでよかったと思わないとな」

綾瀬は羽柴を見上げた。無造作に両足を投げ出し座り込んだ彼は、力の抜けた穏やかな表情をしていた。羽柴と出会った少年時代にかえったような、朗らかな無邪気さも一緒に顔を覗かせている。

「羽柴は気づいてたんだよな。俺が長い間、お前につまらないこだわりを抱いてきたのを」

少しの沈黙の後、羽柴が答えた。

「本当につまらない、くだらない感情だ」と。

春菜は二人のやりとりを見ていて、改めて悟った。

やはり彼らは互いに唯一無二の友人同士なのだ。綾瀬が長年抱えてきた劣等感や後悔、自分自身に対する嫌悪感まで、言葉を交わさなくても羽柴は感じ取っていたに違いない。

綾瀬は言う。

「そのくだらん感情は、だ。今年の春に酔っぱらいにからまれたあの時に、綺麗に消し飛んだんだ。俺の代わりにお前が鉄パイプで殴られた時だよ。お前は何の躊躇いもなく俺を庇ってくれた。羽柴にとって自分がそうするに値するだけの人間なんだと思い知らされて、涙が出た。気がついた時にはくだらないあれやこれやがみんな、影も形もなくなってた」

「今更だろうが。馬鹿はどっちだ」

「うん。だからこれまでのこと全部、さっきの強烈な一発でチャラにしてくれ」

「わかった」

羽柴は、綾瀬がめったに見せてくれたことがないと嘆いていた微笑みをはっきりと浮かべていた。

綾瀬とそっくりの、とても嬉しそうな笑顔だった。

「許すも許さないもないが、お前の気が済むならそういうことにしておいてやる」

「しておいて」

ほっと肩を落とした綾瀬は、春菜の方を向いた。

「俺ね。日高さんにだけは知られてもいいと思ったんだ。俺たちの間のこういうプライベートな出来事を、ほかの誰にも見せたくなくても日高さんにだけはむしろ知っていてもらいたかった。日高さんは羽柴だけじゃなく俺にとっても貴重な、大切な存在なんだよ」

春菜の背に回った羽柴の手に強い力がこもった。

「安心しろ、綾瀬。この人を捕まえたら絶対に手放しては駄目だと、私ももうわかってる」

(羽柴さん……)

春菜の胸がとくんと鳴った。

「長居してごめん」

綾瀬がスーツの汚れを払いながら立ち上がった。

「邪魔者は消えるね」

二人に背を向け、ひらひらと手を振って歩きはじめた綾瀬は、ふいに足を止め羽柴を振り返った。

「忘れてた。お前に突っかかってくる連中の正体がわかったんだ。そいつらの裏にいる人間が誰かも見当はついた」

「そうか……」

綾瀬の裏切りを示唆する写真を見てもなお、彼への信頼が固かった羽柴だ。綾瀬の報告を聞く表情は落ち着いていた。

「でも、詳細は明日にしよう。お前からも良い報告が聞けるのを期待してるからな」


綾瀬の姿が公園から消えるのを待たずに、羽柴は春菜を胸のなかに引き寄せた。抱きしめて動かなくなった。

大きな彼にすっぽりとくるまれる心地よさに、春菜は思わず目を閉じた。

彼の呼吸を感じる。自分に負けないその速い鼓動までもが聞こえてきそうだ。

「君が私以外の男の胸にいるのを見た瞬間、頭に血が上った」

やがて春菜の耳に、震える呼吸とともに声が届いた。

「友達を殴ったことを軽蔑されてもしかたがない。でも、君を奪い返すこと以外、何も考えられなかったんだ」

「羽柴さん……」

「この人を捕まえたら絶対に手放しては駄目だと、私ももうわかってる」

綾瀬にぶつけた羽柴の本気が春菜の心に迫ってくる。

春菜は彼の胸で顔を上げた。

鼓動の高鳴りが、レッスンが始まる前から伝えたかった言葉を喉のすぐ向こうまで押し上げてくる。

「羽柴さん、私――」

言いかけた春菜の前に彼が何かを差し出した。

「これ……」

彼がスーツのポケットから大事そうに取り出したのは、コースターだった。裏を返せば互いの連絡先が書いてある、表にはリナリアの花の描かれたあの……。

「会社を出る時、この前、君がコースターの話をしていたのを思い出したんだ。すぐに調べてみた。描かれている花の名前と花言葉を」

春菜の唇が動いた。

「この恋に気づいて」

今夜はいっぱいの感情を湛《たた》えた羽柴の目が、春菜を見つめている。

「それが君の気持ち？」

春菜はこくりと頷く。

「この気持ちに気づいてほしかった。出会った時からずっと……」

もう溢れる想いを塞き止めるものは何もなかった。

「昨夜も言いました。レッスンだとわかっていても、もしかしたら私は誰かの代わりなのかもしれないと思っていても、あなたといる間はいつも楽しくて嬉しくて。すごく……、すごく幸せでした。苦しくて涙が出そうになった時も、別れたらすぐに会いたくなってしまう。顔が見たい、名前を呼ばれたい、触れてほしいって思ってしまう。それぐらい羽柴さんが好きです」

「日高さん……」

羽柴は春菜の髪に顔を埋めた。

「あなたの気持ちがそうだったなら、私がしたことは余計に酷い」

後悔の念を滲ませる彼を、春菜は抱きしめた。

「幸せだったと言っ……たでしょう？」

涙で少しもうまく話せないけれど、零れはじめた言葉は止まらなかった。

「羽柴さ……んは？　あなたはどう思ってたの？」

二人は顔を上げ見つめ合った。

「私も楽しかった。レッスンだということを忘れてしまうぐらい。仕事中でも君のことを考えてしまうぐらい夢中になっていた。君を自分のものにしたつもりでいられる幸せな時間だった」

羽柴のキスが春菜の目元に、頬に、愛おしく撫でるような優しさで落ちてくる。そうして春菜の涙を拭ってくれる。

「愛してる。君はもう、本当に私だけのものだ」

「はい……」

春菜は彼の鼓動の上に頬を寄せた。

「新しいレッスンを」

熱を含んだ声が春菜の耳元で囁く。

「これからは君を傷つけた分も大切に愛していけるように、私に教えてくれ」

春菜は再び彼の胸に埋まると、とうとう自分だけのものになった人の背中に両手を回して抱きしめた。

たくさんキスをした。羽柴からだけでなく春菜からもたくさん。ベッドに入る前も、こうしてベッドの上で互いの素肌をきつく抱きしめ合ってからも、何度唇を重ねても飽きることがなかった。

「君に触れる時はいつも恋人にするように触れていた。レッスンという言葉は口にしても、君は偽物の彼女などではなかった。心から大切に思える人だった」

「私も……。私もです」

唇が燃えるように熱かった。数えきれないほどの口づけのあと、羽柴はもう誰にも触れさせないと言わんばかりに春菜を腕のなかに閉じこめた。

「本当に私のものになってくれたんだな」

独り言めいた呟きは喜びに満ちていて、春菜の瞼を熱くする。

(羽柴さん……)

もう夢でないのだ。羽柴は自分のものになったのだ。春菜はその現実に全身で触れて、何度でも確かめたかった。そうして、自分が羽柴のものになったことをもっともっと伝えたかった。

「これからは二人の時は名前で呼んでもいい?」

「嬉しい」

名前まで彼のものになったようで、春菜の目尻に熱いものが溜まった。

「愛してる、春菜」

無意識にだろうか。羽柴は春菜の左手の指にキスをした。

羽柴の部屋に帰る車のなかで、彼は約束してくれた。いずれ必ず春菜の指に似合うリングをプレゼントしてくれると。もちろん、将来を約束するものではないだろう。でも、彼が贈ってくれるのなら、春菜は花の一輪でも嬉しい。

なぜ彼がそんな嬉しい約束をしてくれたのかといえば、春菜が思い切って質問したのがきっかけだった。春菜はあの有名ジュエリーショップの紙袋について尋ねたのだった。

長く春菜の心に居座っていたペーパーバッグの行き先は、やはり彼のかつての婚約者の元だった。ただし、そこには春菜が驚くような事情があったのだった。

彼女は羽柴に嫌がらせをしていた犯人の一人だったという——。

「綾瀬がつきとめたと言っていた連中とは別なんだ。私と綾瀬は、以前から犯人は二人、もしくは二組いるんじゃないかと話していた。私に直接危害を加えようとする誰かと、姿は見せずに誹謗《ひぼう》中傷のメッセージで攻撃してくる誰かと。ある時、私は気がついたんだ。後者の嫌がらせが始まったのは、婚約を解消してからだということに」

無言電話の標的にされた社長室直通のナンバーを知っているのは、ごく限られた人間だけだ。身内や信頼のおける友人、知人を除くと彼女しか残らないのも、疑う理由になった。

羽柴はすぐに彼女に連絡を取った。彼女は羽柴が問い詰めるまでもなくあっさり認めたという。

「自分が今までどんな女性にも本気になれなかった、その自覚すらなかった以前の私は、恋愛も結婚も軽視していたんだと思う。今考えれば軽率だった。両親が見合いで平穏な家庭を築いているのを見てきたのもあって、母親の紹介で知り合った彼女とろくに交際期間も設けず婚約したんだ。だが、三カ月も経たないうちに君と出会ってしまった」

羽柴は婚約を解消することにした。

「彼女はＯＫしてくれたよ。私の方が断られた形をとるのが条件だった。でも、それほどプライドの高い女性だったのに、私は婚約解消の申し入れに自分で足を運ばなかったんだ。紹介者である母を介して済ませてしまった。しかも、一身上の都合という適当な理由をつけて。彼女が怒りのあまり私に怨《うら》みを抱いたとしてもおかしくなかった。だから、薄情な仕打ちをしたことを改めて謝罪したい、会ってほしいと頼んだんだ」

彼女は慰謝料《いしゃりょう》持参なら会ってもいいと答えた。羽柴は当日、彼女に指定されたジュエリーショップのブランド・リングを持って行った。

「彼女は最初、とても険しい顔をしていた。ところが婚約を解消した本当の理由を伝えると、表情が変わった。彼女は私に遊ばれたと思っていたと言った。初めから捨てるつもりだったのかと、抑えきれない怒りを私にぶつけずにはいられなかったと話してくれた」

どこかほっとしたような、柔らかな表情に変わった彼女は、こう言って羽柴を許してくれたという。

「軽く見られてたわけじゃなかったのね。短い間だったけど、婚約者でいる間はそれなりに大事にされてたということかしら。でも、好きな人ができたって正当な理由があるのなら、別れた方が賢明よね。ほんとはわかってたの。私も元々はあなたのルックスやスペックに惹かれて結婚を決めたのだから、被害者面をするのは違うって」

そうして彼女は、自分が羽柴に対して行った悪質な行為を謝った。

慰謝料代わりの指輪を求めたのも嫌がらせのひとつだったが、いったん引き取ったうえで処分するつもりだそうだ。羽柴との思い出を綺麗さっぱり忘れるためにも。


「春菜……」

なにひとつ憂いのなくなった春菜は指先までが軽かった。いつか彼の贈ってくれたリングで飾れるかもしれないその指に、キスの愛撫は続いている。

「……ん」

爪のひとつひとつに留《とど》まった唇は、やがては人差し指のラインを辿って付け根へと滑り落ちた。

中指との間の僅かな隙間がくすぐったい。唇と舌の柔らかな攻撃にさらされている。

「あ……、あ」

春菜は切羽詰まった声をあげ、身を捩った。

経験したことのない感覚だった。こんな何ということのない場所なのに、なぜ怖いぐらいに感じてしまうのだろう。彼の舌が二本の股を行き来するだけで、背筋に甘い悦びが走った。

身体の芯が疼いている。

「なんで、そんなとこ……」

「春菜のどこも可愛くてキスしたくなる」

春菜には彼の囁きさえも心地よい愛撫だった。

「……や……ああ」

ズキズキとした疼きが、まだ触れられてもいない場所に集まってくる。春菜の秘花はいつの間にか熱を帯び、潤みはじめていた。両足がもどかしくシーツを掻いた。指先をちゅっと音をたてて吸われたとたん、春菜の腰に短い震えが走った。

「春菜?」

羽柴は春菜を引き寄せ髪に口づけた。

「私はおいていかれた?」

「だって……」

呼吸が恥ずかしいほど乱れている。

「指にキスしただけなのにな」

春菜は自分の髪に唇を埋めた彼が微笑っているのを知った。顔が見えなくても感じる。愛おしいものは愛おしいのだと、見る者誰にでも教える笑みだ。

「あなたのせい……」

「私の?」

「羽柴さんのこと、会うたびに好きになって。羽柴さんに触れられる幸せもどんどん大きくなっていくから……」

幸せであればあるだけ快感も膨らむのだと、春菜の言いたいことが伝わったのだろう。羽柴はまた春菜の見えないところで微笑んだ。

「本当は私も春菜と同じなんだ」

羽柴は春菜を組み敷き、強く半身を重ねた。

「君にキスをして、触れているだけで終わりそうになってる」

大きく育った彼の分身が、二人の間で潰されても尚《なお》、春菜の腿のあたりを熱く押し上げていた。

「でも、まだ駄目だ。今夜はもっと可愛い春菜を見たいから」

羽柴は春菜をもっと悦ばせたいと言っている。

「愛してる」

彼のキスが春菜の唇をついばむ。

（あ……）

春菜の意識が彼の手に向いた。ついさっき昇りつめた余韻にまだ蕩けている腰や太腿を優しく撫でている。

（すごく……気持ちいい……）

花芯にじんと熱が集まってくる。蜜が溢れてくるのがわかった。

時間も忘れて快感に浸っているうち、気がつけば愛撫する手が唇に取って代わられていた。

「駄目……っ」

彼の指が両腿の内側にかかった時、春菜はつい逆らって膝に力を入れてしまった。次に何をされるかわかったからだ。

「逃げるのは許さない」

春菜は彼を見上げた。

ドキドキする。

強引な命令口調に胸が高鳴る。

「春菜は私のものだろう？」

春菜を欲しがる今夜の羽柴は、追いつめられた表情を隠しもしなかった。

「出会った時からずっと、私一人のものだ」

(出会った時から……)

そんなふうに言われて、だから逃げるなと抱きしめられれば、春菜は頷く以外できなかった。

止まっていた羽柴の手に力が入った。足を大きく押し割られる。

(見ないで)

恥ずかしくて心のなかでは叫んでしまうけれど、春菜は拒めない。

「……んっ」

春菜は思わず息をつめた。緊張したのは一瞬で、すぐにふわりと身体の力が抜けた。それほど秘花に触れた唇は柔らかく、優しかった。

「……やぁ……」

まだ閉じた花弁の合わせ目を、彼がキスでゆっくりと埋めてゆく。上から下へ、下から上へと繰り返しているうち、花はすぐに綻んだ。

わずかな隙間に差し込まれた舌が、綻びを拡《ひろ》げて動く。蜜をすくいあげるように線を引かれると、たちまち快感が膨れ上がった。

敏感な真珠をつつかれた。

「ん……っ」

ぴくんと春菜の腰が跳ねた。尖《とが》らせた舌先に弄《いじ》られると、続けざまに腰に震えが走った。我慢しようとしても、できない。自分の意志に関係なく愛撫に応えてしまう身体を止められない。

「また……い……ちゃう」

また一人で達《い》ってしまう。縋るものを探してシーツを泳いだ春菜の右手を、羽柴の手が捕まえ握ってくれた。

「可愛いな、春菜」

羽柴は今では小さな灼熱の珠になった花芽を、手の指をそうしたように優しく吸った。

「ああ……っ」

身体の奥の方から熱いものがとろりと流れ出る感覚に襲われ、春菜は二度目の頂へと駆け上がっていた。

「よかった？」

「……はい」

春菜は繋いだ手はそのままに、彼の胸に顔を埋めた。

「まだ足りないだろう？　私は足りない」

終わったはずなのに、春菜の濡れた秘花はズキズキと切なかった。この疼きを思うさま散らしてくれる何かが欲しいと訴えている。

「私も欲しいです。あなたが欲しい」

本当に欲しくて堪らなかったから、素直に言葉になった。

「羽柴さんのものになれたこと、身体でもっと感じたい」

春菜の思いをその言葉ごと受け止めた羽柴は、春菜の唇を塞いだ。

どちらからともなく身体を絡ませあった。春菜が強く身を寄せると、すぐに猛った彼の分身が花弁を分け潜り込んできた。

「あぁ……」

春菜の花は、固い先端を自分でも恥ずかしいほどすんなりと呑み込んだ。

力を漲らせた彼が奥へと容赦なく突き進んでくる。

「は……ぁ」

彼を根元まで受け入れ、その背をすがるように抱きしめた時、春菜の唇から溢れたのは甘く蕩けた安堵の息だった。

言葉では言い表せない大きな喜びが込み上げてきた。心も身体も、二度と離れない深いところで羽柴とひとつになれたのだ。

「春菜……」

自分を呼ぶ羽柴の声にも同じ安堵の色を感じ取り、春菜はとても幸せな気持ちになった。

彼は楔《くさび》を打ち込む力強さで春菜を貪りはじめた。

「ん……、んっ」

彼の動きに合わせ、悦びの波が寄せては引いてを繰り返す。

春菜は出て行く彼を引き止める仕種《しぐさ》で締めつけ、迎え入れる時にはその場所を自ら差し出すように押しつけた。いつまでもこうしていたいから、自然と身体が動くのだ。

「……ああ」

彼がひと回り大きくなったようだった。

「春菜を愛してるからだろうな」

息を弾ませ、彼が囁く。

「今までで一番感じてる」

春菜は「もっと」と、自分を抱く彼の腕に頬を寄せた。

「もっと私をあなたのものにして」

羽柴は春菜の願いを叶えてくれた。春菜をかけらも残さず自分のものにする激しさで求め、最後の瞬間《とき》までしっかりと抱きしめ離さなかった。

その夜、眠りに落ちる春菜の耳元で、羽柴はこれからもレッスンに通ってほしいと言った。「いっそこの家で暮らせばいいのに」と彼は抱きしめてくれたけれど、まさか春菜はまだそこまでずうずうしくはなれなかった。

一緒に過ごす時間を重ねたこれから先のいつか、生涯彼の隣にいられる許しをもらえたら。

春菜は羽柴と心から結ばれた幸福な一夜に、愛する人の胸で彼の花嫁になる夢を見た。

エピローグ

乳房に顔を埋めていた羽柴が、ふと目を上げ春菜を見つめた。

「綺麗だな。今夜の春菜は聖母《マリア》のように見える」

「いくらイヴだからって、聖母さまに失礼でしょう」

春菜は頬を熱くし、弾む息を呑み込んだ。

二人が抱き合うベッドの傍らには、クリスマスツリー。今夜のお家デートのために羽柴が張り切って用意してくれたそれは、彼の身長よりも高いとても大きなもので、北欧風のお洒落なオーナメントに飾られていた。

イルミネーションのオレンジゴールドが、春菜の裸身を温かく照らしている。

羽柴との交際がスタートしてひと月が過ぎた。世の恋人たちの一大イベント、クリスマスイヴを二人きりで過ごしたいと誘ってもらえるほど、彼との関係は順調だった。春菜は毎日、ふわふわとした幸せに包まれている。

「綺麗なのは本当だよ。だから見ているだけでは我慢できなくなって、食事もしないうちにこんなことになっている」

また胸に顔を埋められ、春菜は熱い息をついた。

春菜はベッドの上に座った彼を跨いで腰を落としていた。乳房への軽いキスひとつで、束の間、鎮まりかけていた快感の火が燃え上がった。

「……んっ」

何度堪えようとしても春菜の喘ぎが途切れないのは、焦れったいから。彼の唇はさっきから乳首の周りだけを柔らかく押しては離れていく。彼の愛撫を覚えて疼く先端には、なかなか触れてくれない。

キスは甘く痺れる左の乳房を置き去りにして、今度は右へ。健気《けなげ》に頭をもたげた実の周りだけを、また弄《もてあそ》ばれる。

「あ……や」

春菜の喘ぎはいっそう切なく、もどかしげに響いた。

羽柴は意地悪だ。春菜が胸への愛撫に弱いと知っていて、わざと焦らしている。

「あ……んっ」

不意打ちだった。突然乳首を吸われて、春菜の背中が震えた。思わず口を押えたのは、自分でもびっくりするぐらい甘えた声が出たからだった。鼻にかかったその声は、彼に愛撫をねだって淫らに蕩けている。

「我慢しなくていい」

羽柴が吐息を封じた春菜の手を取り、優しく外した。

「もうこの家には私たち二人だけだ。綾瀬もいないんだ。だから我慢しないで、私にもっと声を聞かせて。春菜だってそうしたいと思っているだろう？」

もちろん、母屋にいる綾瀬が二人のプライベートにまで聞き耳を立てていたわけではなかった。それでも心のどこかで常に綾瀬の存在を意識していた春菜にとって、彼のガードが解かれた今は心も身体も以前よりオープンになっているのは本当だった。


羽柴を標的にした事件は無事解決した。

「犯人捜しが俺の仕事でないのは承知の上で、どうしても羽柴の役に立ちたかったんだ。お前を助けるために何かひとつでもできれば、俺は今までのうじうじした自分を吹っ切れる。晴れて羽柴浩市の一番の友人のポジションに返り咲けると思ってな」

綾瀬は自分の無謀を反省しつつも、迷うことなくそう言ったそうだ。

花見帰りに酔客にからまれた一件で、相手があらかじめ鉄パイプなどの凶器を用意していたことを考えると、おそらく偶然のトラブルではない。

そう判断した綾瀬の頭には、ひとつの考えが浮かんだという。

車で轢こうとしたり自転車での当て逃げを企てたり、羽柴に直接危害を加えようとした犯人たちは、もともと知り合いでも何でもない。高額な報酬をエサにネットの裏サイトで集められた人間の集まりではないかと疑ったのだ。直近で似た事件があったのがヒントになった。

綾瀬の推理は当たっていた。

花見での一件で彼らに顔を見られていた綾瀬はその状況を逆手にとり、親友の仮面を被って羽柴を憎悪する男として犯人たちとの接触に成功した。

羽柴が春菜に見せた写真に写っていたのは、綾瀬が実行犯の一人とコンタクトを取った時のものだった。

ネットで募集をかけた主犯は別にいるとわかった。だが、当然相手は正体を隠している。さすがに独力で突き止めるのは無理だと悟った綾瀬は、警察に捜査を委ねた。綾瀬の勤める警備会社と警察の間には非公式のパイプがあるため、逮捕にそれほど日数を要さなかった。

主犯は建設業界で羽柴とよく比較される某企業の若手経営者だった。

ある大規模プロジェクトのコンペで東雲設計に負けたのが理由だ。不当に仕事を奪われ恥をかかされたと、羽柴を逆恨みしていた。

「俺がボディーガードを仕事に選んだのは、高校生の時、彼女を守れなかったトラウマと向き合いたかったからだ。それも羽柴の力になれたことでずいぶん軽くなったと思う。ありがとう」

そう言って綾瀬が羽柴に見せた笑顔は、今までにない晴れなやかなものだったという。

羽柴は綾瀬との関係が深まったことを、春菜には話してくれた。君にだけは聞いてほしいと言ってくれた。春菜はそんな彼が愛おしくて堪らなくて……。キスをせずにはいられなかった時の感情を、なんと呼べばいいのだろう？

春菜はあの時と同じ衝動に駆られて、思わず彼の頭を抱きしめていた。自ら乳房の下の鼓動に、彼の速い呼吸を重ねた。

（私は祈ったの。どうかこれからもずっと、あなたの喜びも苦しみも私にだけ分けてくださいって）

それほど愛している人だから、ささやかなキスひとつにもひどく感じてしまうのはしかたがなかった。ましてや今、愛する彼を半分受け入れた状態で弱点を焦らされ続ける快感は、狂おしいほどだ。

「あぁ」

ふいに下から二度、三度と揺すりあげられ、春菜は高い声をあげた。

「お願い」

春菜は彼に乳房を押しつけ、素直に欲しがった。

「もっと欲しいの」

今の羽柴の意地悪な動きで、春菜のなかは彼でいっぱいになっていた。半分だけ埋まっていた彼の分身を、一気に根元まで呑み込んでいた。

「春菜……」

羽柴の洩らした熱い息が乳房をくすぐって、春菜はまた蕩けた声をあげてしまった。

「そんなに締めつけて。欲しいの？」

「は……い」

素直に答える春菜が可愛いと、彼はその口をキスで塞いだ。

「いいよ。私も春菜がすぐに欲しい」

優しい囁きとともに、そのままゆっくりと押し倒される。

シーツに着地した弾みでより深く分身を押し込まれ、春菜は喘いだ。

羽柴が二人の快感を追いかけ、力強く動きはじめる。

大きな動作で抜き差しされるたび、春菜の悦びは膨れ上がった。

「や……ぁ」

彼の手が春菜の乳房を握る。柔らかさを楽しむように揉みながら、時折先端の実を摘んだ。

そうやって彼を受け入れながら弱い乳房を一緒に苛《いじ》められると、春菜はあっと言う間に昇りつめてしまいそうになる。彼は知っていて愛撫の手を緩めない。

もう、堪らなかった。

春菜はもっともっととねだる仕種で、何度も彼を締めつけていた。

「快いよ、春菜。すごく快い」

興奮を隠しもしない彼に、

「好き。あなたが好きなの」

春菜の身体は心ごと高いところへと運ばれていく。

自分のすべてが彼に繋がれひとつになる幸福感が、春菜を包んでいた。

いつか、人生が終わるその時まであなたを愛したい。

そして、あなたに愛されたい。

そんな未来を願う春菜は、昇りつめる最後の瞬間まで愛する人の大きな背中を強く抱きしめ、離さなかった。


「春菜、シャンパンの次は何を飲む？　果実酒？　日本酒？」

「ありがとうございます。じゃあ……、いつもの梅酒で」

「ほかに食べたいものはない？　今からでもケータリングを頼めるところはあるが」

「二人で用意した分で十分です」

「寒くないか？」

「ないです。買ってもらったパジャマもあったかいし」

居間のソファで、春菜は隣の羽柴にそっと肩を寄せた。羽柴の提案で、クリスマスプレゼントはパジャマを互いに贈り合うことになった。ペアにしようと言い出したのも彼だった。濃い青と茜色《あかね》のおそろいの一枚は、この部屋で二人で過ごす時のためのものだ。

(綾瀬さんは、羽柴さんは世話を焼かれるのが得意じゃないって言ってたけど、実はお世話する方は好きなのかなあ)

春菜が寒さを感じないのは、あったか高級パジャマのおかげだけではない。恋人同士になったとたん言葉で、態度で、惜しげもなく伝えてくれる彼の愛情に包まれているからだと思う。

春菜の左手の人差し指には、絆創膏《ばんそうこう》が二枚、ぐるぐる巻きに巻いてあった。大げさな手当てを主張したのは、羽柴だった。

今夜の食卓にはデパ地下で調達した惣菜《そうざい》類のほか、二人で作った簡単なメニューも載っていた。オードブルの用意をしていた時だ。春菜はうっかり指先をピックで突いてしまった。と言っても、ポツンと小さく針の先ほどの血が浮いただけだったのだが――。

「手当ては念入りにしておかないと」

「大丈夫ですよ。痛みもほとんどないし」

「油断は禁物だ。化膿《かのう》したら大変だろう」

「でも、絆創膏は一枚でも……」

「自分でもびっくりしてるんだが、綾瀬の折れた歯を見た時よりも心配なんだ」

あの時、春菜はなんと答えればいいのか困ってしまって、ただ頬を熱くしていた。

以前、藤崎が話してくれた。羽柴に怖いイメージを抱いている女性たちのなかには、彼と一緒になったらパワハラされそう、ハウスキーパー扱いされそうと悪い想像をめぐらせている人間が少なくないと。

(本当の彼は正反対のような気がする。ハウスキーパーどころか家事でも何でも手伝ってくれて、すごく大切にされそう)

そう思うと、羽柴が時々口にする同居の誘いに気持ちが揺れる。

(だけど、一度一緒に暮らしはじめたら、その先の未来を絶対期待しちゃうもの。どんどんずうずうしくなって重たくなって、彼に迷惑をかけそうな気がする)

羽柴はローストビーフを食べている。春菜が自宅で作ってきた唯一の料理だ。自分でも及第点をつけられる出来上がりだったが、彼も気に入ってくれたようだ。何度も箸を運んでくれていた。

「春菜は料理も上手なんだな」

「あ……」

「なに？」

「羽柴さんが今、私に微笑ってくれたの、すごく嬉しいです。でも……」

「でも？」

「あなたが周りの人たちにもたくさん笑顔を見せるようになったら、ちょっと心配だな」

「綾瀬にも言われた。相変わらずの殺風景な顔だが、印象がずいぶん柔らかくなったと驚かれた。春菜の影響だな」

そう言って春菜に向かってまた少し口元を綻ばせた羽柴は、「心配なのはどうして？」と聞いた。

「羽柴さんがますますもてちゃうでしょう。ほかの女の人に盗《と》られないか心配です」

（私、あなたの恋人になれたのだから、これぐらいは言ってもわがままじゃないよね。許してもらえますよね）

羽柴は箸を置くと、ソファの背もたれの後ろに手を伸ばした。いつからそこに置いてあったのか、黒いペーパーバッグを膝の上に移した。なかから小さな箱を取り出す。

ワイン・レッドのリングケースだ。

「これを君に」

彼は春菜に向かって蓋を開けた。

ダイヤモンドが花冠のように連なったリングがひっそりと輝いている。

「君に贈ると約束しただろう？」

春菜の胸を甘く騒がせ、熱い風が吹き抜ける。

「もう君以外の誰のものにもならない約束の証だ」

「え……」

「エンゲージリングだよ」

幸せの音が春菜の心を震わせる。

「いつ渡そうか迷ってた。タイミングを間違えたら断られそうで怖かった」

羽柴のこんな……、不安の色さえ帯びた真剣な表情を、春菜は初めて見る。

「日高春菜さん。この指輪を受け取ってほしい」

「……っ」

はい、と答えようとしても、そのたった二文字が出てきてくれない。喉に熱の塊がつまっているようだ。


「私の妻になってほしい。私は君の生涯のパートナーになりたいんだ」


自分をただ見つめ返すばかりで答えようとしない春菜に、羽柴の不安の色が次第に濃くなる。

「受け取ってもらえるだろうか？」

春菜は何度も大きく頷いた。

「私も死ぬまで羽柴さんのそばにいたいんです」

ようやく思いは声になった。

「あなたの一生を独り占めしたいの」

「ありがとう」

羽柴の幸せに満ちたこの顔を、ほかの誰が知っているだろう。

彼はきっと春菜にだけ見せてくれる。これからもずっと、二人で歩む道がいつか終わりを迎えるその瞬間《とき》まで。

羽柴が春菜の手を取り、その指に輝くリングをくぐらせた。

「愛してる、春菜。君と出会えて私は幸せだ」

春菜の目から涙が溢れた。

あとがき

この本が店頭に並ぶ頃は、九月とはいえ残暑が厳しいのかもしれません。こんにちは。春野リラです。読者の皆様、お元気ですか。現在、酷暑下であとがきを書いている私は、毎朝「白湯《さゆ》＋梅干し」スタートで何とか体調を維持しております。

はじめましての方も、私の本を読んだことのある方も、新しい物語を手に取ってくださってありがとうございました。こうして作品を通してお会いできたこと、とても嬉しいです。


毎回、書く時は自分のなかにいろいろなテーマを設けるのですが、今回は『大きくてたくましい彼と小さくて可愛らしい彼女』というのがひとつ。でも、『その可愛い彼女が守られるだけじゃない、強い彼を支えて包みこんであげる』的なシーンを書いてみたいというのも、またひとつの目標でした。どうだったでしょうか。そのあたりも楽しんで読んでいただけたなら嬉しいです。

エピローグで羽柴が春菜に対し聖母という言葉を使っているのですが、もちろんクリスマスだからというのもあります。けれど、彼にとって春菜は「自分の弱いところ、未熟なところも合わせて受け止めてくれる大きな存在であること」を表す言葉——のつもりで選びました。
羽柴の親友、綾瀬も好きなキャラです。羽柴と綾瀬はけっこういいバディだと思うんですよね。弱いところを絶対に表に出さないところは綾瀬も同じで、ルックスの印象は正反対でも中身は似た者同士。綾瀬は羽柴が何も語らなくてもその気持ちを察することができる。羽柴は羽柴で、綾瀬が語るたくさんの言葉のなかから唯一の真実を拾い上げることができる。なんて羨ましい関係。
綾瀬のロマンスを書くとしたら相手はいったいどんな女性になるのだろう、などと想像するのも楽しいです。

今回、素敵なカバーイラストを描いてくださったのは、カトーナオ先生です。とても幸せそうな二人をありがとうございました！　そして、いつも全力で支えてくださっている編集の西田さん、今回もお疲れさまでした＆ありがとうございました。書くことを仕事にしてン十年も経ちました。読者の皆様も含め、大勢の方々のお力添えがあって私もここまでこられたのです。改めて感謝の気持ちでいっぱいです。これからも、どういう形でも物語を創っていければいいなあと願っています。

春野リラ

ルネッタブックス

オトナの恋がしたくなる♥

私だけだということを、
もっと確かめたくなりました

クールなはずの
完璧御曹司は、
重くて甘い
独占欲が
ダダ漏れです
春野リラ
ルネッタブックス

パーフェクトイケメン御曹司×
引っ込み思案の社長令嬢

ISBN978-4-596-75960-3　定価1200円＋税

クールなはずの完璧御曹司は、重くて甘い独占欲がダダ漏れです

RIRA HARUNO

春野リラ

カバーイラスト／蔦森えん

姉の許婚で大企業グループの御曹司、本郷亨にひそかに恋していた真緒。姉が亨と婚約破棄したことで、彼から代わりに結婚してくれないかと言われた真緒は、迷いつつそれを受け入れる。「あなたの方からキスしてくれるのを待っているんです」姉にサイボーグと言われるほど感情が表に出ない彼は真緒と付き合ううちに違う顔を見せ独占欲を露わにしてきて⁉

ルネッタⓁブックス

本命は私なんて聞いてません!

初心なのに冷徹ボディーガードに恋愛レッスン⁉

2024年9月25日　第1刷発行　定価はカバーに表示してあります

著　者　**春野リラ**　©RIRA HARUNO 2024
発行人　鈴木幸辰
発行所　株式会社ハーパーコリンズ・ジャパン
東京都千代田区大手町 1-5-1
04-2951-2000（注文）
0570-008091　（読者サービス係）

印刷・製本　中央精版印刷株式会社

Printed in Japan ©K.K.HarperCollins Japan 2024
ISBN978-4-596-71286-8